KB080643

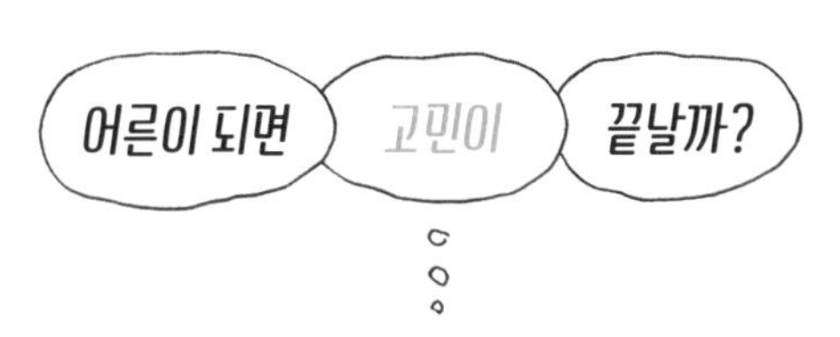
어른이 되면
고민이
끝날까?

창비

들어가며

"언제쯤 스스로 어른이 됐다고 느낄 수 있을까?"

"글쎄, 아마 평생 못 느끼지 않을까?"

친구와 이런 대화를 나눈 적이 있습니다. 스무 살이 넘으면, 혹은 서른 살이 넘으면 어엿한 어른이 될 줄 알았는데 지금의 저를 보니 과연 자신 있게 그렇다고 할 수 있을지 잘 모르겠어요. 서른을 훌쩍 넘겼지만 아직도 친구들과의 우정이 어렵고, 앞으로 어떤 사람이 되고 싶은지, 무엇을 할 수 있을지 고민입니다. 특별한 재능이 없는 것 같아 매일 좌절하고 다른 사람들에 대한 질투로 마음이 자주 쪼그라들기도 해요. 분명 제가 어릴 때 봤던 어른들은 이런 고민에서 벗어나 어른답게 의젓하고 의연했던 것 같은데 말이죠.

저는 청소년이 주인공인 영화나 드라마를 유난히 좋아합니다.

영화 「고양이를 부탁해」(2001)나 「레이디 버드」(2017) 「월플라워」(2012), 드라마 「마이 매드 팻 다이어리」(2013~2015) 「아이 엠 낫 오케이」(2020) 같은 작품 말입니다. 그런데 여전히 이런 이야기를 좋아하는 나 자신이 별로라고 느껴질 때가 많았어요. 서른이 넘어서도 청소년기에 겪은 경험에서 벗어나지 못했거나, 나이를 착각하며 살아가고 있는 것 같아서요. '어쩌다 이런 나이가 돼 버린 거지? 난 아직 어른이 될 준비를 하지 못했는데!'라고 외치는 것 같고요. 누구보다 어른스러운 어른이 되고 싶은데 '어쩌다 어른'이 되었다니, 그건 좀 멋없잖아요.

그러다 문득 질문을 던지게 되었습니다. 제대로 어른이 되지 못해서 청소년기를 담은 작품을 좋아한다고 믿는 건, 청소년이 어른보다 덜 완성된 존재라고 생각하는 것 아닐까? 진짜 어른다운 어른이 있고, 청소년기에 영원히 머무는 덜된 어른이 있다고 은연중에 구분하고 있는 것 아닐까? 그건 전부 나의 엄청난 편견이 아닐까, 싶었던 거예요. (물론 성인이 갖는 사회적 책임과 역할을 잊어서는 안 되겠지만요.) 제가 내린 결론은 이랬습니다. 청소년의 이야기에 특별히 관심이 가는 까닭은, 그 이야기가 지금 나의 문제와도 맞닿아 있기 때문이라고요. 미성숙했던 청소년이 성숙하여 완성형의 어른이 되는 게 아닌 거죠. 우리 모두는 수많은 시행착오를 통해 자신이 가진 문제를 해결해 보려고 고군분투하며 평생을 보낼 테니까요.

여기까지 생각하고 보니, 이 책을 쓸 수 있겠다는 마음이 조금씩 차올랐습니다. 솔직히 말하면 청소년을 독자로 한 글을 써 달라는 제안을 처음 받았을 땐 너무나 막막했거든요. 앞 세대가 경험해 보지 못한 세계를 살아가며 각자 삶의 새로운 방식을 발명하고 있을 청소년들에게, 지나간 세상을 경험한 사람으로서 어떤 이야기를 해야 할지 알 수 없었어요. 청소년기에 제가 했던 고민이나 좋아했던 것들은 이미 낡아 버린 것 같았고요. (게다가 저는 유행어라든지 요즘 인기 있는 아이템 같은 것도 잘 모른답니다.) 하지만 정답을 일러 주는 일이 아니라면, 그러니까 어른이 되어도 계속 고민해야 하는 질문이 있다고, 나만 이런 고민을 안고 있는 건지 궁금해하지 않아도 된다고, 어쩌면 그건 거의 대부분의 사람이 평생 안고 가야 하는 질문이라고, 그러니 고민을 나눠 보자고 말을 건네는 일이라면 할 수 있지 않을까 생각합니다.

어려운 고민을 함께하는 길에는 친구가 많을수록 좋지요. 그래서 영화나 드라마, 책 속 인물들의 이야기도 빌렸습니다. '나는 왜 나일까' 괴로워하고, 주변 사람을 질투하고, 미래에 내가 무엇이 될 수 있을지 몰라 방황하는 사람들이 이 안에 있어요.

주변 사람들을, 세상을, 무엇보다 나를 잘 모르겠다는 기분이 들 때마다 이 책을 펼쳐 주세요. 물론 우리가 저마다 갖고 있는 고민이 책을 읽는다고 단번에 해결되지는 않을 거예요. 그렇지만 적어도 각자의 자리에서 조금 덜 외로울 수는 있겠지요. 책을 쓰는 동안 제가 그랬듯이 말이에요.

마음 발견 테스트

지금 나에게 필요한 이야기를 찾아보세요. →YES / →NO

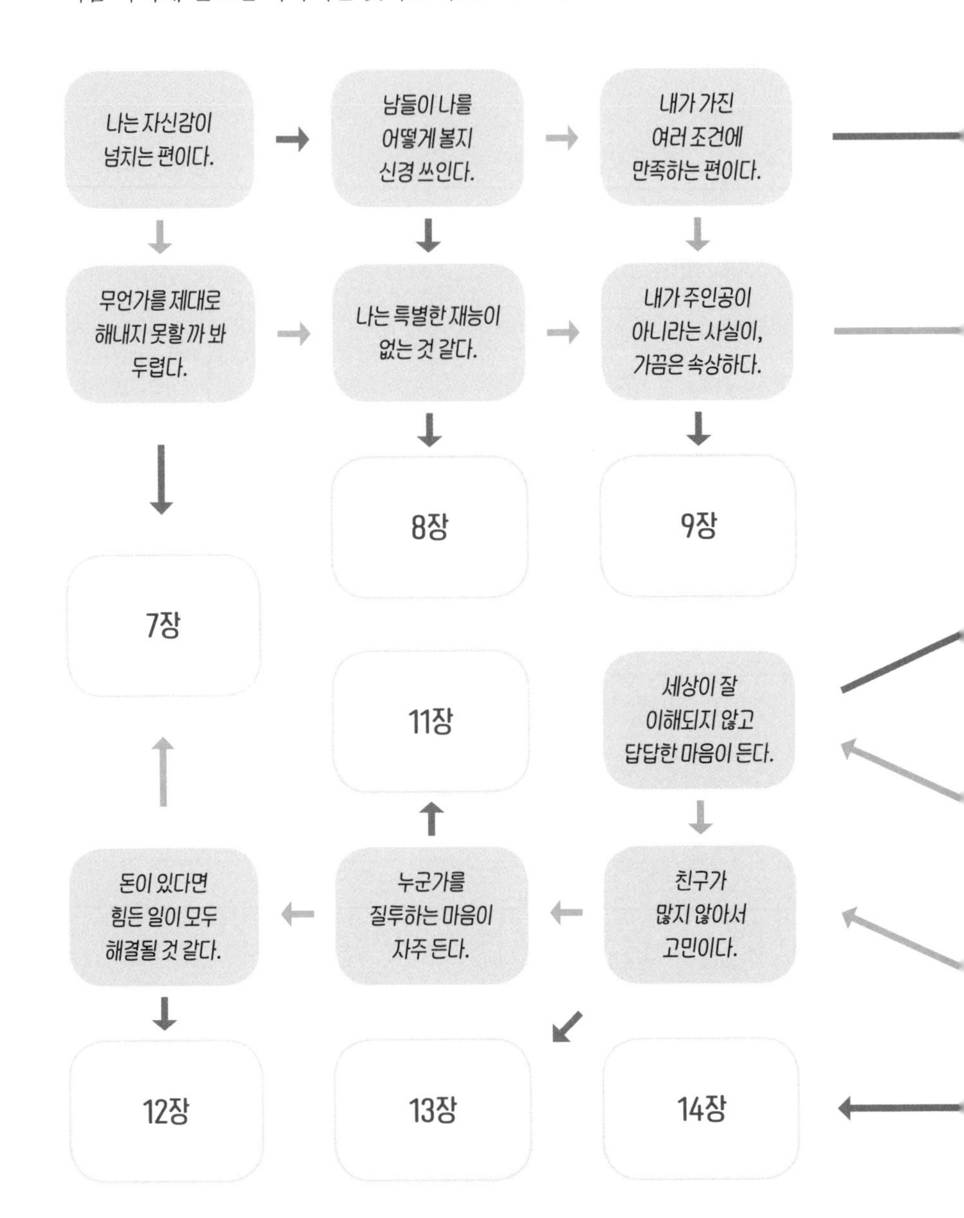

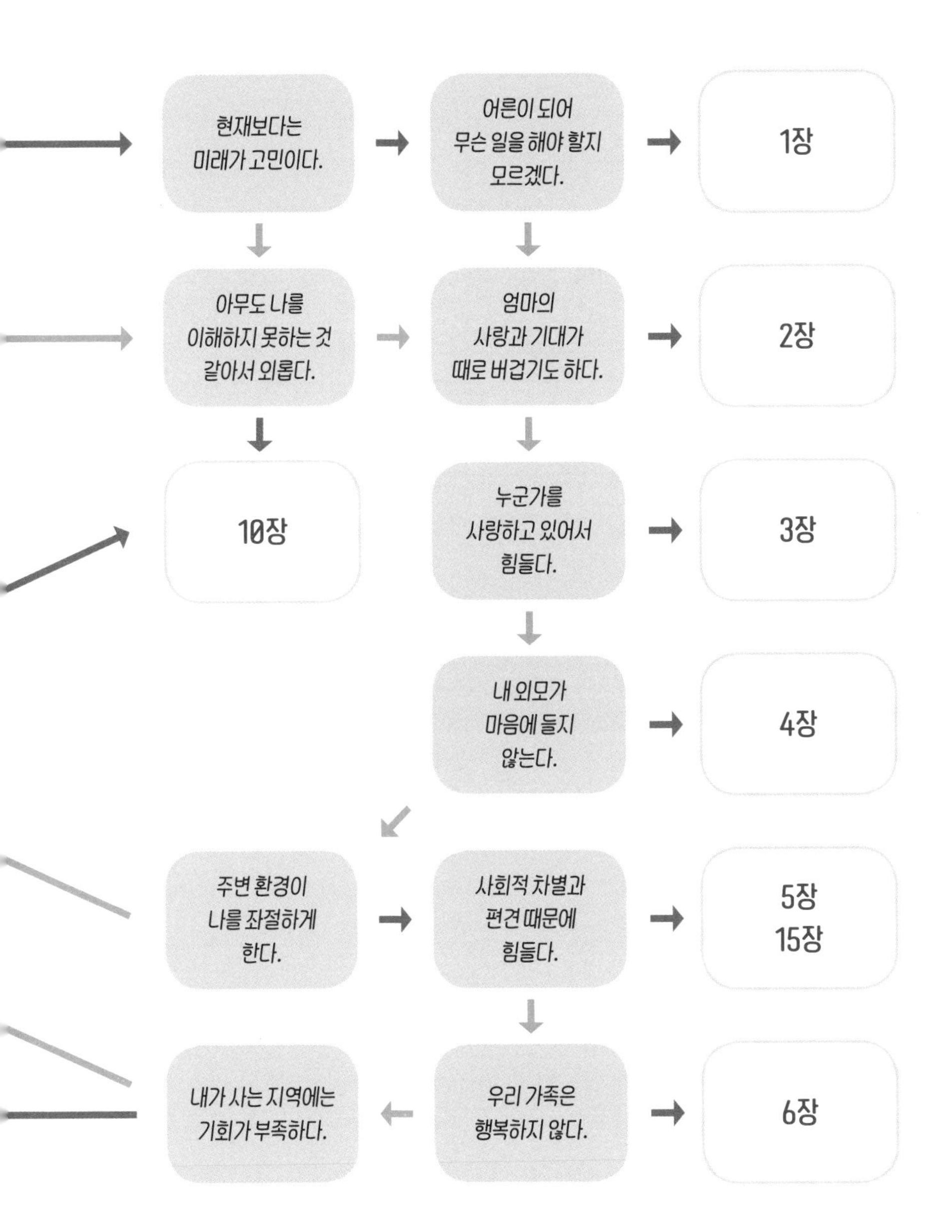
현재보다는 미래가 고민이다.
어른이 되어 무슨 일을 해야 할지 모르겠다.
1장
아무도 나를 이해하지 못하는 것 같아서 외롭다.
엄마의 사랑과 기대가 때로 버겁기도 하다.
2장
10장
누군가를 사랑하고 있어서 힘들다.
3장
내 외모가 마음에 들지 않는다.
4장
주변 환경이 나를 좌절하게 한다.
사회적 차별과 편견 때문에 힘들다.
5장
15장
내가 사는 지역에는 기회가 부족하다.
우리 가족은 행복하지 않다.
6장

차
례

①

나는 커서 뭐가 될까?

"종이와 가까운 일을 하게 될 거예요."

네? 종이요? 엄마와 저는 어리둥절한 표정으로 마주 봤습니다.

"그게 정확히 어떤 뜻인가요?"

종이를 많이 쓰는 일이라거나, 종이로 만들어진 무언가와 늘 가까이 있는 일이라거나 하는, 조금 더 구체적인 이야기를 기대하며 물었어요. 기대와는 달리 애매모호한 답변이 돌아왔습니다.

"그건 알 수 없어요. 그냥 종이가 보여요."

한창 취업을 준비하던 때의 어느 날이었어요. 엄마와 거리를 지나다 재미로 타로 카드 점을 봤습니다. PD가 되기 위한 시험에서 계속 떨어지던 때였죠. 앞으로 내가 어떤 일을 하게 될지보다, 과연 어떤 일이든 하는 사람이 될 수는 있을지를 생각하며 불안해한 시기이기도 했습니다. 또 한 번의 시험을 치르고 결과를 기다리던 중이었기 때문에, 원하는 직업을 갖게 될 거라는 점괘가 나오길 바랐어요. '종이와 가까운 일을 하게 될 것'이라는 말을 들으리라고는 상상도 못 했지요. 그게 대체 어떤 일이지? 좀처럼 감을 잡을 수가 없었습니다. 그 어떤 일이라도 끼워 맞추려고만 한다면 종이와 가깝지 않은 일은 없는 것 같았어요. 하루 종일 서류와 싸우는 평범한 회사원이 된다는 뜻일까? (아주 다양한 일을 하는 회사원이 존재한다는 걸 그때는 미처 생각하지 못했답니다.) 아니지, PD도 일을 하려면 종이로 만든 대본이 있어야 할 테니까 결국 PD가 된다는 말일 수도 있지. 점괘에 저의 바람을 억지로 끼워 맞추며 마음을 다독였어요. 누군가 큰 의미 없이 한 말에라도 기대어 보고 싶은 날들이었으니까요.

그랬던 제가 지금은 몇 가지 일을 동시에 굴리며 살아가는 사람이 되었습니다. 지금 하는 모든 일은 종이와 가깝다고 하면 가깝고, 관계가 없다고 하면 없을 수도 있는 그런 일들입니다. 저는 콘텐츠와 엔터테인먼트 산업을 다루는 기자로 7년간 일했습니다. 지금은 작가로서 이렇게 글을 쓰거나, 동료와 팟캐스트를 만들고 있어요. 또 다른 동료와는 '일'에 관한 작은 회사를 차렸고요. 다행히 저는 이 일들을 모두 좋아하는 편이고 그럭저럭 잘 해내고 있습니다. 한때 막연히 상상했던 장래 희망 목록엔 한 번도 포함되지 않은 것들이지만요. 한군데 직장에서 오래 일하지 않는 것. 계속해서 직업을 바뀌 가며 일하는 것. 동시에 여러 개의 일을 굴리는 것. 이런 모양으로 일하게 될 거라는 생각 역시 해 본 적이 없답니다.

얼마 전 친구가 이런 이야기를 들려주었어요.

"우리가 청소년일 때 장래 희망으로 '선생님'을 꼽는 친구들이 많았잖아요. 부모님을 제외하고 가장 가까이서, 일하는 모습을 구체적으로 볼 수 있는 어른이 선생님이기 때문이래요."

그러고 보니 저도 선생님이 되어 볼까 생각했던 적이 있어요. 교육이라는 일이 얼마나 어려운지, 거기에 얼마나 다양한 역량이 필요한지는 전혀 모른 채 다들 안정적인 직업이라고 하니까 선생님이 되어도 나쁘지 않겠다고 판단한 거였죠. 지금도 선생님을 꿈꾸는 청소년이 많더라고요. 교육부와 한국직업능력연구원이 함께 진행한 2022년 조사에 따르면 2019년부터 4년 동안, 중학생과 고등학생의 희망 직업 1위는 변함없이 '선생님'이었다고 해요. 선생님이 되고 싶다고 대답한 청소년들 중에는 정말 선생님이 되고 싶은 사람도, 일단 아는 직업을 써넣은 사람도, 어른들의 참견으로부터 비교적 안전하게 느껴지는 직업을 떠올린 사람도 있겠지요. 어떤 꿈은 입 밖으로 냈을 때 그게 대체 뭐냐는 질문이라든지, 그것 말고 더 안정적인 일을 선택해야 한다는 충고를 불러오기도 하잖아요.

모두가 너 자신을 잘 알아야 한다고, 하고 싶은 일을 하라고, 좋아하는 걸 찾으라고 말하지만 그걸 충분히 고민할 기회가 주어지기는 하나요? 일을 제대로 탐색하고 준비할 수 있는 시간 없이, 어느 날

2021년 개봉 20주년을 맞아 리마스터링을 거쳐 재개봉한
「고양이를 부탁해」 포스터.

갑자기 직업인이 되기를 요구받는 건 아니고요? 마치 누구나 처음부터 시행착오를 겪지 않고 일할 수 있기라도 한 것처럼요.

영화 「고양이를 부탁해」(2001)에는 스무 살이 되자마자 사회에서 쓸모 있는 인간이 되기를 요구받는 태희와 그 친구들이 등장합니다. 고등학교를 졸업한 후, 그들은 세상 속에 자신의 자리를 만들기 위해 고군분투해요. 태희만 빼고요. 아빠의 불가마 사업을 도울 때 말곤 태희는 적극적으로 움직이지 않습니다. 생각이 없어서가 아니라, 오히려 너무 많아서요. 하고 싶은 게 뭔지, 앞으로 어떻게 살아가야 하는지 궁금해도 주변에는 좋은 참고가 될 만한 어른이 보이지 않습니다. 결국 태희는 자신의 작은 방을 나와 친구 지영과 함께 길을 떠납니다. 근데 우리는 이제 어디로 가는 걸까? 지영은 궁금합니다. 태희는 어디로 가려고 하는 걸까요? 뭘 하려는 것일까요?

"가면서 생각하지 뭐."

한때는 내 일을 갖고 나면 모든 걱정이 끝날 거라고 믿었습니다. 앞으로 무엇이 될 수 있을지 몰라서 지금은 불안하지만, 무언가 되기만 한다면 다 괜찮아질 거라고요. 좋아하는 일, 잘할 수 있는 일, 미래가 유망한 일, 안정적인 수입을 얻을 수 있는 일 등의 조건을 골고루 조금씩이라도 충족하는, 단 하나의 정확한 일을 갖고 싶었어요. 앞으로 나아가지 못하고 멈춰 있는 기분을 견딜 수 없어서 그 일을 빨리 갖고 싶었고요. 방황하고 탐색하는 데 오랜 시간을 쓰고 싶지 않았지요.

막상 무언가가 되어 본 후에야 깨달았어요. 내가 꿈꿨던 일이든 아니든, 하나의 일에 닿은 후에도 고민은 이어질 거라는 것. 직업은 언제든 바꾸거나 바뀔 수 있다는 것. 그래서 '나는 어떤 사람인가?'라는 질문에 답을 찾는 시간은 계속될 수밖에 없다는 것. 이 시간 속에서 나도 변하기에 그 답은 늘 달라져야 한다는 것. 나의 적성이나 취향과 일치하는 것 같았던 일이 꼭 나에게 잘 맞는 일일 수는 없고, 어떨 때는 내가 할 거라고 상상하지 못했던 일에서 기쁨과 즐거움을 발견할 수도 있다는 것. 하고 싶어서 뛰어든 일이라고 해도 막상 해 보면 짐작 이상으로 어렵거나 힘들어서 버티는 것조차 만만치 않을 수도 있다는 것. 일에서의 성패가 반드시 개인의 책임은 아니라는 것. 실패해도 다음은 늘 온다는 것…….

다시 말해, 태희처럼 가면서 생각해도 된다는 것.

내가 가고 싶은 방향을 미리 가늠해 보고 그쪽으로 움직이기 위해 노력하는 건 당연히 의미 있지만, 지금 당장 가고 싶은 곳이 명확하게 보이지 않는다고 해서 초조함에 발을 동동 구를 필요는 없어요.

함께 회사를 만든 동료는 저에게 종종 이렇게 묻습니다. "효진님, 효진 님은 창업을 하게 될 거라고 예상하신 적이 있나요?" 그럴리가요. 이 일을 하게 될 줄 단 한 번도 예상한 적 없는 건 동료도 저도 마찬가지랍니다. 직접 회사를 만드는 건 아무나 할 수 없는 일이라고 생각했거든요. 상상하지 못한 일을 하는 과정 속에도 기쁨과 고통은 골고루 섞여 있어요. 동료와 호흡이 척척 맞는 것을 느낄 때, 우리의 일이 어떤 식으로든 의미 있다는 것을 확인할 때 큰 기쁨을 느껴요. 일이 많아서 지칠 때, 분명 열심히 했는데 기대한 만큼의 성과가 돌아오지 않을 때는 어깨가 축 처지기도 하죠.

일한 경력은 10년을 훌쩍 넘겼지만 어제도 오늘도 처음 해 보는 일이 있다는 것, 처음 느껴 보는 기쁨과 슬픔이 있다는 것이 신기하기만 합니다. 저뿐만 아니라 아마 일하는 모든 사람이 그렇겠죠. 누구도 내일을 예측할 수 없고, 예상한 대로 이뤄지는 건 별로 없으니까요. 모두가 가면서 생각하고, 모두가 자신만의 지도를 그때그때 그려 가며 일하고 있습니다.

종이와 가까운 일을 하게 될 거라는 오래전 예언을 다시 떠올려 봅니다. 어쩌면 그 말은 비유적인 표현이었을까요? 아무것도 쓰여 있지 않은 백지(종이) 위에 글을 쓰듯이, 아무것도 정해지지 않아 길을 만들어 가며 일하게 될 거라는 그런……. 아무래도 이 해석은 억지스럽네요. 종이 이야기는 이제 그만 잊어야겠습니다.

1.

「기다리기에는 내일이 너무 가까워서」(문숙희 인터뷰집, 동녘 2022)는 어린이와 청소년을 위한 배움의 환경을 만드는 일을 해 온 저자가 하고 싶은 일을 찾은 여섯 명의 청소년을 인터뷰한 책입니다. 「고등학생 간지 대회」 출신의 패션 디자이너 심수현, 유튜브 채널 「굴러라 구르님」을 운영하는 콘텐츠 크리에이터 김지우, 기후 활동가 윤현정, 플랫폼 프로듀서 최형빈, 종합격투기 선수 신유진, 목조주택 빌더 이아진의 일 이야기를 만날 수 있어요. 일의 종류도, 일을 둘러싼 환경도 새롭게 변화하는 시대에 어른들이 이미 닦아 놓은 길이 아닌 자신만의 길을 개척하고 있는 청소년들의 목소리를 담아낸 더욱 의미 있는 책입니다. 일에 대한 구체적인 용기와 힌트를 얻고 싶다면 이 책을 읽어 보세요.

2.

일을 잘 해내고 있는 사람들을 보면, 거기에 이르기까지 고군분투의 시간이 있었다고 믿기 어렵지요. 안정적으로 자리를 잡은 저 사람에게도 과연 고민이 있었을까, 실패의 순간이 있었을까, 하는 생각이 드니까요. 『내일을 위한 내 일』(이다혜 인터뷰집, 창비 2021)은 일하는 여성들의 이야기를 담은 인터뷰집입니다. 영화감독 윤가은, 배구선수 양효진, 바리스타 전주연, 작가 정세랑 등 저마다 몸담은 분야에서 각자의 방식대로 성취를 거둔 여성들이 지금의 일에 닿기까지 어떤 시간을 보냈는지, 일을 통해 무엇을 이루고 싶은지 답했어요. "사람들이 다양하게 사는 여성들을 보면 좋겠다고 생각해요. 꿈의 범위가 달라지니까요."라는 경영인 엄윤미 님의 말처럼, 『내일을 위한 내 일』은 여성 청소년들에게 꿈의 범위를 넓혀 주는 책이 될 거예요.

1. 나는 어떤 일을 하고 싶나요? 아주 구체적이지 않아도 괜찮아요. 왜 그 분야에 관심을 갖게 되었는지부터 천천히 떠올려 봅시다.

2. 그 일을 하기 위해서 무엇이 필요할까요? 주변으로부터 도움을 받고 싶은 부분이 있다면 이야기해 봅시다.

3. 아직 하고 싶은 일이 없다면, 그 이유는 무엇인가요? 하고 싶은 일을 찾기 위해 나에게 어떤 시간이 주어지면 좋을까요?

②

착한 딸 그만두기

제가 기억하는 한, 인생에서 처음으로 모험을 했던 건 중학생 때였습니다. 인터넷 팬클럽 게시판에서 만난 친구들과 좋아하는 아이돌 그룹을 보러 서울로 떠나기로 한 거예요. 부산에 살던 저로서는 큰 결심이었어요. 또래 친구들끼리 간다고 솔직하게 말하면 엄마가 보내 주지 않을 게 뻔했지요. 어쩔 수 없이 거짓말을 했습니다. "엄마, 나 서울 갔다 오면 안 돼? 팬클럽 임원 언니들이랑 같이 갈 거야. 그 언니들은 어른이니까 하나도 안 위험할 거고. 조심해서 다녀올게요."

엄마가 이 말에 속았는지 속아 줬던 건지는 모르지만, 저는 무사히 엄마의 허락을 받고 서울에 갈 수 있었습니다. 다 큰 어른이 된 기분이었어요. 내가 하고 싶은 일을 하기 위해, 보호자 없이, 친구들과 집에서 먼 곳으로 잠깐이나마 떠난다는 사실 때문에요. 2박 3일의 일정 중에 하루는 숙소를 구하지 못해 아파트 지하 주차장에서 추위에 오들오들 떨며 밤을 새우는 등 우여곡절을 겪었지만, 그래도 좋았습니다. 제가 한 선택이었으니까요. 꼭 엄마와 같이 다니지 않아도 괜찮네? 거짓말을 해도 큰일이 생기지 않네? 왠지 짜릿했습니다.

엄마는 저의 아주 많은 부분을 만든 사람입니다.

"넌 커서 PD가 돼야 해."

꽤 오랫동안 엄마의 이 말을 주문처럼 품고 지냈어요. PD가 정확히 어떤 일을 하는 사람인지 몰랐던 초등학생 때부터 대학을 졸업하고 첫 직장을 구하려고 애쓸 때까지, 제 꿈은 쭉 예능 프로그램을 만드는 PD였지요. 언제나 '장래 희망'란에는 'PD'라는 글자를 써 넣었습니다. 친구들로부터 "PD가 뭔데? 뭐 하는 직업인데?"라는, 약간의 선망 어린 질문을 받는 기분도 썩 나쁘지 않았어요. 친구들이 선생님이나 의사가 되고 싶다고 말할 때 나는 그런 평범한 꿈을 꾸지 않는다는 정체 모를 자부심을 은밀히 느꼈지요. 더구나 저는 TV를 끼고 사는 어린이였거든요. 요즘 어떤 드라마가 재미있는지, 어떤 배우나 예능인이 인기인지 달달 외울 정도였기 때문에 커서 PD가 되는 건 당연한 수순으로 여겨졌어요. 엄마의 권유로 친척 어른을 따라 방송국 견학을 했던 날, 그 꿈은 더 단단해졌습니다. TV에서만 보던 연예인들과 이야기를 나누는 PD들의 모습이 참 멋

있어 보였거든요.

물론 잠깐씩 다른 꿈을 꾼 적도 있습니다. 한때는 선생님이나 간호사, 수의사, 호텔리어가 되고 싶기도 했어요. 하지만 오래 지나지 않아 다시 PD라는 꿈으로 돌아갔죠. 대학에서 저는 PD와 관련 있다고 믿었던 신문방송학을 전공으로 선택했습니다. 기대와는 달리 공부는 전혀 흥미롭지 않았어요. 그러면서도 애초에 왜 PD가 되고 싶은 건지, 왜 신문방송학이라는 학문을 배워야 하는지 궁금해하지 않았지요. PD를 뽑는 방송국은 너무 적고 시험은 너무 어려워서 저는 번번이 탈락했습니다. 그럴 때조차 이게 정말 내 길일까, 내가 하고 싶은 일일까 고민하지 않았습니다. 그저 공부가 부족해서, 혹은 운이 나빠서 시험을 통과하지 못했을 뿐이고, 언젠가는 엄마의 강력한 주문처럼 PD라는 직업에 닿게 될 거라고 믿었어요.

그 꿈이 온전한 내 것이 아니었다는 사실은 얼마 전에야 알게 되었습니다. 지나온 시간을 아무리 돌아봐도 왜 그 일을 하고 싶다고 생각했는지 답할 수가 없더라고요. PD 시험에 응시하기 위한 서류에서 '지원 동기'를 작성하기가 왜 그렇게 곤란했는지, 어째서 '어릴 때부터 저는 TV 프로그램을 즐겨 보던 아이였습니다.' 같은 빤한 말밖에 쓸 수 없었는지 알게 된 거죠. 저에게는 PD가 되고 싶은 동기 따위는 없었으니까요. 부끄럽지만 정확하게 말하자면, 그 동기는 '엄마가 그렇게 말했으니까'였던 거예요. 인생의 거의 절반 동안 나의 꿈이라고 믿어 왔던 게 사실은 내 뜻과 무관했다는 데, 그것을 이렇게나 늦게 알게 됐다는 데 놀라고 말았습니다.

저는 부모님의 기대를 크게 거스른 적이 없습니다. 늘 열심히 공부했고, 부모님을 서운하게 할 만한 일은 가급적 하지 않았어요. 공부를 잘하려고 한 건 제가 원해서가 아니라 부모님을 실망시키고 싶지 않았기 때문이었죠. 부모님의 하나뿐인 자식으로서, 착한 딸이 되기 위한 노력도 했어요. 어른이 된 뒤에도 크게 달라지지 않았습니다. 엄마에게 매일 전화를 하고, 시시콜콜한 일상을 공유하면서 친구 같은 딸, 착한 딸, 멀리 떨어져 있어도 늘 부모님을 생각하는 딸이 되려고 애썼어요. "우리 딸은 요즘 애들 같지 않게 참 착하다니까." 엄마가 이렇게 말할 때마다 기분이 묘했습니다. 성인이 되어 그런 칭찬을 듣는 게 조금 부끄러우면서도, 여전히 착한 딸일 수 있다는 데 안도했어요.

딸로 태어난 이상 「메이의 새빨간 비밀」(2022) 주인공 열세 살 메이에게 공감하지 않을 수는 없을 거예요. 메이는 모범생입니다. 친구들에게 종종 '마마걸'이라고 놀림받아도 메이는 부모님 말씀을 잘 듣고 공부를 잘하는 게 가장 중요하다고 생각해요. 전 과목에서 우수한 성적을 받아 온 메이에게 엄마는 말합니다. "오늘은 우등생, 내일은 유엔 사무총장!" 그랬던 메이가 아이돌 그룹 '포타운'을 좋아하게 되고, 사랑에 눈을 뜨면서 조금씩 달라집니다. 급기야 흥분하거나 분노할 때마다 커다란 레서판다로 변하기 시작해요. 엄마는 네 안의 레서판다를 잘 숨겨야 한다고, 실은 영영 없애 버려야 한다고 메이를 타이릅니다. 할머니도 마찬가지예요. 메이는 "엄마의 전

「메이의 새빨간 비밀」 포스터.

부"니까, 메이 안의 못난 부분을 드러내는 레서판다 같은 건 사라져야 한다고 말하죠.

부모님, 특히 엄마와의 관계는 딸에게 평생의 숙제입니다. 가끔 엄마들은 딸이 자신이 이루지 못한 일을 대신 이뤄 주기를 바랍니다. 딸이 자신보다 더 완벽하고 완전한 인간이 되기를 바라기도 하고요. 딸이 주도적인 사람으로 자라나기를 바라다가도, 자신에게서 너무 멀리 떨어져 그만의 세계를 형성하면 슬퍼합니다. 앞으로는 엄마가 아는 부분보다 모르는 부분이 점점 더 많아질 테니까요. (그래서 엄마들이 딸의 일기장을 그렇게 몰래 읽는 거겠죠?) 갑자기 말대꾸하거나 자기 방문을 닫아 버리거나 취향을 주장하는 딸의 모습을 마주할 때 당황하고는 하지요. 사 주는 옷을 군말 없이 잘 입던 제가 어느 날 "이런 옷은 입기 싫어!"라고 말했을 때, 엄마가 무척 서운해한 기억이 나요.

엄마와 딸은 서로의 거울상이지만, 언젠가 이 거울은 깨져야만 합니다. 엄마와 딸은 다른 사람이니까요. 메이의 엄마가 메이에게 완벽함을 요구했던 건, 자신도 어릴 때 엄마로부터 완벽함을 요구받았기 때문이에요. 완벽한 딸 노릇이 지겨웠음에도 메이에게는 그런 요구를 반복하는 것이지요. 외모부터 공부, 취향, 태도, 인간관계까지 모든 면에서 메이가 자기 방식을 따르길 바라고요.

엄마나 할머니의 바람과는 달리, 메이는 결국 자기 안의 레서판다를 떠나보내지 않기로 합니다. 그리고 말합니다. 진짜 내 모습을 알아 가고 있지만 한편으로는 엄마와 멀어질까 봐 두렵기도 하다고요. 저 역시 엄마와 점점 멀어지고 있다는 것을 느낄 때 불안하고 조금은 슬프기도 합니다. 나이를 먹어 가며 엄마와 내가 함께할 시간은 점차 줄어들 테니까요. 하지만 어쩔 수 없이 우리는 각자 다른 사람이라는 사실을 기억하려고 해요. 서로를 완벽하게 이해할 수 없고, 서로의 인생을 대신 살아 줄 수도 없는 사람들이지요.

착한 딸이 되기 위해 노력했다고 말했지만, 실은 그렇지 않은 순간도 많았습니다. 엄마에게 거짓말을 하고 좋아하는 아이돌 그룹을 보러 간 적은 몇 번 더 있어요. 한번은 학교에 가기 전 친구와 놀다가 그만 등교 시간을 놓쳐 배가 아픈 척 집으로 돌아온 적도 있습니다. 걱정한 엄마가 저를 병원까지 데려가는 바람에 당황했지요. 아마 의사 선생님은 꾀병이라는 걸 알고 있었을 거예요. 또 학원을 빼먹고 친구들과 다른 지역으로 놀러 가기도 했습니다. 이 밖에도 여기에는 다 쓸 수 없는 수많은 거짓말을 했고요. 부모님을 실망시키고 때로는 배신하고 속이면서 저는 지금의 제가 되었습니다. 부모님이 만들어 준 것만큼이나 스스로 많은 것을 선택하면서 저만의 세계를 만들어 왔어요. 딱히 큰일은 나지 않았습니다. 어른들의 기대에서 한 치도 어긋나지 않는 완벽한 딸이었다면 제가 더 나은 사람이 되었을까요? 잘 모르겠습니다. 분명한 건 저는 지금의 제가 마음에 든다는 거예요.

1.

「메이의 새빨간 비밀」에서 중요한 설정 하나는 메이가 중국계 캐나다인이라는 사실입니다. 아시아 문화권에서 부모와 자녀가 맺는 독특한 관계야말로 이 작품의 주제와 맞닿아 있지요. 감독인 도미 시 역시 중국계 캐나다인인데, 캐나다 토론토에서 자란 자신의 어린 시절을 떠올리며 「메이의 새빨간 비밀」을 만들었다고 해요. 픽사의 「인사이드 아웃」(2015), 「인크레더블 2」(2018), 「토이 스토리 4」(2019) 등에서 스토리보드 아티스트로 일했던 도미 시는 만두를 주인공으로 한 「바오」(2018)를 만들며 픽사의 첫 여성 단편 영화 감독이 되었습니다. (참고로 한국계 캐나다인인 샌드라 오가 메이의 엄마 밍의 목소리를 연기했으며, 프로덕션 디자이너인 로나 리우는 중국계 미국인입니다. 게다가 「메이의 새빨간 비밀」을 함께 만든 사람들 중 리더급은 모두 여성으로 구성되어 있었다는 사실! 여러모로 기념비적인 작품이라고 할 수 있겠네요.)

2.

「메이의 새빨간 비밀」에서 메이와 친구들은 포타운이라는 아이돌 그룹을 좋아합니다. 그들이 작품 속에서 틈만 나면 흥얼거리는 곡, 모두 힘을 합쳐 메이의 엄마를 구하는 하이라이트 장면에서 울려 퍼지는 곡은 '노바디 라이크 유(Nobody Like U)'예요. 이 노래는 '배드 가이(bad guy)'로 잘 알려진 뮤지션 빌리 아일리시와 음악 프로듀서로 활동 중인 그의 오빠 피니어스 오코넬이 함께 만들었습니다. 피니어스 오코넬은 포타운 멤버 중 '제스'의 목소리를 연기하기도 했지요. 만약 이 영화가 극장에서 개봉되었다면, 「겨울왕국」(2013)이나 「알라딘」(2019)처럼 관객들이 목소리를 모아 '떼창'하는 싱얼롱 상영이 가능했을지도 모르겠어요. 디즈니플러스에서만 볼 수 있는 게 아쉽지만, 노래는 유튜브에서도 감상할 수 있으니 꼭 들어 보세요.

1. 어른들을 실망시키고 싶지 않아서, 내 뜻과 상관없는 무언가를 한 적이 있나요?
   그건 언제였나요?

2. 어른들에게 거짓말을 한 적이 있나요? 어떤 기분이 들었나요?

3. 요즘 나는 무엇을 할 때 가장 즐거운가요? 언제 가장 나답다고 느끼나요?

③

누군가를 좋아하는 일

서로 좋아하게 된 지 얼마 안 된 사람과 만나는 날이었습니다. 마침 저에게는 새로 산 신발이 있었어요. 유행하는 아이템을 인터넷 쇼핑몰에서 저렴하게 산 참이었죠. 새 신발을 신고 데이트에 갈 수 있다니! 일부러 맞춰서 산 건 아닌데, 마침 데이트 일정과 맞았다는 게 운명처럼 느껴지기도 했어요. 신발과 잘 어울리는 옷을 차려입고, 몇 번이나 거울 앞에서 차림새를 점검하고, 약속 장소에 나갔습니다. 맛있는 점심을 먹은 뒤에는 햇볕 아래에서 긴 산책을 했어요. 그런데 문득, 오른쪽 발에서 심상치 않은 기운을 느꼈습니다. 정확히는 오른쪽 '신발'에서요.

"나 잠깐 화장실 좀 갔다 올게."

불안해진 저는 얼른 화장실로 달려가 신발을 점검했습니다. 긴장

되는 마음으로 무릎을 굽혀 오른쪽 신발 바닥을 확인했어요. 새로 산 신발의 바닥이, 세상에, 찢어져 있었습니다. 저렴해서 산 신발이었는데 너무 저렴했던 나머지 긴 산책을 버티지 못하고 찢어진 거예요. 신발 밑창을 자세히 들여다보니 골판지 같은 종이가 겹겹이 붙어 있었습니다. 그대로 조금만 더 걸었다가는 양말이 보일 지경이었어요.

"미안한데, 나 몸이 좀 안 좋아서 집에 가야 할 것 같아."

하얗게 질린 얼굴로 상대방에게 양해를 구하고 데이트를 급히 끝냈습니다. 그토록 기다렸던 시간을 후다닥 마무리해야 한다니 너무나 아쉬웠지만, 찢어진 신발 밑창을 좋아하는 사람에게 들키는 것보다는 백번 나으니까요. 밑창이 더 찢어지지 않도록 조심조심 걸어 집으로 돌아왔습니다. 마음속으로 제 운명을 계속 저주했어요. 하필 왜 이런 날에 이런 일이 생긴 걸까! 그러고는 집에 도착하자마자 신발을 쓰레기통에 버렸어요.

누군가를 좋아하고 있을 때는 유난히 부끄러운 일이 많이 생기는 것 같아요. 가령 '오늘은 누구와도 마주치고 싶지 않을 정도로 초라한 모습인걸.' 하고 느껴질 때 꼭 좋아하는 사람과 우연히 마주치고는 하지요. 어울리는지 따위는 생각하지도 않고 잡히는 대로 옷을 입었을 때나, 머리를 감지 않아 대충 모자를 눌러썼을 때 말이에요. 그 사람에게 잘 보이고 싶은 마음이 지나쳐 평소답지 않은 행동을 할 때도 있어요. 엉뚱한 말을 내뱉게 되기도 하고요. 수많은 영화와 노래가 사랑에 빠지는 순간을 이야기하는 건 아마 그 때문일 거예요. 누군가를 좋아하게 되면 나 아닌 것 같은 내가, 나조차도 몰랐던 내가 불쑥 튀어나오니까요. 그때만큼 일상에 극적인 변화가 자주 찾아오는 시기도 드물죠. 분명 이전까지는 비슷하게 지나가던 매일인데, 좋아하는 마음이 싹트고부터는 하루하루가 특별하게 느껴집니다. 기쁨과 슬픔의 기준을 나 자신이 아니라 내가 좋아하는 사람에게 두게 돼요.

그건 행복한 만큼 힘든 일입니다. 저 사람도 날 좋아할까? 좋아한다고 고백하면, 싫다는 대답이 돌아오지는 않을까? 저 사람은 뭘 좋아할까? 고민하게 되지요. 혹시 나도 모르는 사이에 내가 그 사람 마음에 들지 않는 행동이나 말을 하지는 않았을까 걱정도 되고요. 서로의 마음을 확인한 뒤에도 고민은 끝나지 않습니다. 상대는 정말 나를 좋아하는 걸까? 그 사람을 좋아하는 내 마음과 나를 좋아하는 그 사람의 마음 중 어떤 게 더 클까? 나한테 연락하지 않는 시간에는 뭘 하는 걸까? 등의 불안한 마음이 찾아들지요. 저는 그런 불안함을 상대방에게 모두 드러내 보이는 사람이었어요. 진짜 나를 좋아하는지, 얼마나 좋아하는지 수시로 물었고 상대방의 말과 행동이 조금이라도 제 마음에 들지 않으면 예전이랑 좀 달라진 것 같다며 투덜거리곤 했습니다. 즐거운 기억만 쌓아 가기에도 모자란 시간을 의심하느라 낭비해 버린 거예요.

하지만 좋아하는 사람과 이런 관계가 되기도 전에, 좋아하는 마음을 애써 외면하는 경우도 있어요. 내가 그 사람에게 어울리지 않는 상대라고 생각될 때죠. 영화 「반쪽의 이야기」(2020)의 엘리 추는 같은 학교의 애스터를 짝사랑하고 있습니다. 미국 소도시의 고등학교에서 인종 차별을 당하는 아시아인이자 친구들의 숙제를 대신해 주는 일로 돈을 벌고 있는 엘리는 거의 보이지 않는 존재입니다. 반면 애스터는 학교에서 가장 인기 많은 남자아이의 연인이고, 아름다운 외모로 모두의 관심과 동경을 받는 인물이지요. 애스터를 좋아하는 마음을 자기 자신에게조차 숨기려고 했던 엘리는 애스터를 좋아하는 또 다른 남자아이, 폴의 부탁으로 애스터에게 보내는 연애편지를 대필하게 됩니다. 애스터와 (폴로 가장한) 엘리는 영혼을 나누기라도 한 것처럼 잘 통합니다. 하지만 엘리는 애스터에게 내가 너의 진짜 반쪽이라고, 너를 좋아하고 너에 관한 모든 것을 다 아는 사람은 나라고 말하지 못해요.

좋아하는 마음을 고백한 뒤 밀어닥칠 온갖 고통과 불행을 상상하다 보면, 차라리 엘리처럼 좋아하는 마음을 티 내지 않는 편이 낫다고 생각할 수도 있습니다. 고백했다가 거절을 당한다면, 연인이 되었는데 다투거나 헤어지게 된다면, 서로의 마음이 언젠가 변해 버린다면……. 좋아한다는 고백은 끝이 아닌 관계의 시작이라, 그 뒤로 감당해야 할 어려움이 너무나 많이 기다리고 있으니까요.

오래전 좋아했던 친구로부터 헤어지자는 말을 들었을 때, 제 마음은 지옥이 되었어요. 아무것도 하기 싫었고, 아무것도 먹기 싫었습니다. '이렇게 괴로울 거라면 그 애를 좋아하지 않는 게 나았을

영화 속 애스터, 엘리, 폴의 모습.

텐데.'라며 후회하기도 했어요. 앞으로 누구를 좋아할 때마다 이런 고통을 또 겪게 될 테니 아무도 좋아하지 않는 편이 훨씬 낫겠다는 생각도 했지요.

그렇지만 결국에는 또 누군가를 좋아하게 됩니다. 덕분에 이전과 비슷한 기쁨이나 고통을 한 번 더 겪기도 하고, 새로운 행복과 불행을 경험하기도 하지요. 사람은 어리석고, 같은 실수를 반복한다고들 하잖아요. 하지만 이제 저는 알 것 같아요. 아무도 좋아하지 않고 삶에 아무 일도 벌어지지 않는 것보다는 누군가를 좋아하고 수많은 일을 겪는 게 훨씬 더 낫다는 사실을요. 얼마 전 제가 본 영화「썸머 필름을 타고!」(2020)에서는 이런 걸 '승부한다.'라고 표현하더라고요. 실패로 끝날지도 모르지만 누군가를 좋아하는 마음을 끝까지 파고 들어가 보는 일, 좋아하는 사람과 정면으로 마주 서 보는 일이야말로 진짜 승부일 것입니다.

엘리도 마침내 애스터 앞에 자신을 드러냅니다. 애스터 앞에 서기에는 너무 초라하고 부족하다고 느꼈던 자신의 모습 그대로요. 그리고 말해요.

“사랑은 엉망진창에 끔찍하고 이기적이고 대담한 거예요. 완벽한 반쪽을 찾는 게 아니라 노력하는 거예요. 손을 내밀고 실패하는 거예요. 괜찮게 그린 그림을 기꺼이 망치는 거예요. 훌륭한 걸 그릴 기회를 위해서.”

누군가를 좋아하는 일은 상상만큼 아름답거나 황홀하지 않을지도 몰라요. 내 눈에 빛나 보이는 상대방과 달리, 나 자신은 누추하게 느껴지는 순간이 더 많을 거고요. 내가 보낸 마음과 같은 부피의 마음이 돌아오지 않는 날도 있겠죠. 좋아하는 마음을 꽁꽁 숨겨 둔 채 아무것도 시작되지 않아 아무 일도 벌어지지 않는 날들의 평온함에 빠져 있고 싶을 때도 있을 거예요. 그럼에도, 살아가며 내가 아닌 다른 사람을 그 정도로 생각하고 궁금해할 기회가 얼마나 있을까요? 우리가 그토록 열심히 나의 바깥으로 나가 보려고 노력하는 시간이 또 있을까요? 다른 사람을 좋아하는 것만으로도 내가 더 커지고 더 넓어질 수 있다는 건 얼마나 근사한 일인가요. 그러니까 내가 누구든, 다른 사람을 좋아하는 일은 분명 해 볼 만한 일일 거예요.

1.

「반쪽의 이야기」는 중국계 미국인인 앨리스 우 감독의 작품입니다. 영화 속에서 마찬가지로 중국계 미국인으로 등장하는 엘리와 앨리스 우 감독이 완전히 겹치는 건 아니지만, 어느 정도는 감독의 자전적 이야기라고 할 수 있어요. 앨리스 우 감독은 한 인터뷰를 통해 학창 시절 가장 친했던 백인 남자 친구와의 우정을 잃은 적이 있으며, 그 상실을 극복하기 위해 「반쪽의 이야기」 각본을 썼다고 말했어요. 실제로 작품의 중심 서사는 엘리가 사랑이라는 감정을 터득하는 과정이지만, 또 다른 중요한 축은 아시아인 여성인 엘리와 백인 남성인 폴의 우정이거든요. 공통점이라고는 전혀 없고 그래서 서로를 절대 이해하지 못할 것 같은 두 사람이 시행착오를 겪으며 친구가 되는 겁니다. 영화 「반쪽의 이야기」는 사랑과 우정, 그러니까 우리를 둘러싼 핵심적인 관계에 관해 많은 것을 알려 주는 작품이에요.

2.

지난 학기에는 저 친구를 좋아했는데, 이번 학기에는 다른 친구가 좋아진 경험, 누구나 있겠지요? '혹시 내가 너무 변덕스러운 건 아닐까?' 걱정하지 않아도 될 것 같아요. tvN 프로그램 「유 퀴즈 온 더 블럭」에 출연했던 뇌과학자 김대수 교수에 따르면, 사랑에 몰입하는 기간은 길게는 17개월, 짧으면 1년을 넘기기가 어렵대요. 또한 뇌는 이기적이어서 남을 위해 내가 희생하는 '이타적 사랑'은 불가능하며, 결국 누군가를 사랑한다는 건 '나'의 개념이 뇌 속에서 확장된 것이라고 합니다. 누군가를 나의 일부로 여기기 때문에 그 사람을 위해 희생할 수 있고, 사랑할 수도 있는 거라고요. 사랑이라는 감정도 뇌를 통해 작동한다는 사실이 신기합니다. 가슴의 일인 줄만 알았는데 말이에요.

1. 누군가를 좋아해 본 적이 있나요? 그때 어떤 기분이 들었나요?

2. 좋아하는 사람 앞에서 내가 초라하게 느껴졌던 적이 있나요? 그건 언제였나요?

3. 여러분이 생각하는 '사랑'이란 무엇인가요? 자유롭게 이야기해 봅시다.

4

내 몸과 함께 사는 법

수영을 하고 돌아온 밤에는 어김없이 야식의 유혹에 빠집니다. 에너지를 많이 썼으니 빵이나 시리얼을 먹어도 괜찮다는 나와, 간식을 먹으면 기껏 운동한 게 아까우니 그냥 자라는 내가 마음속에서 치열하게 싸워요. 둘의 승률은 반반입니다. 먹으면 먹는 대로, 참으면 참는 대로 나름의 뿌듯함과 스트레스가 동시에 쌓이지요. 야식을 맛있게 먹고 난 후에는 배가 부르니 기분이 느긋해지는 동시에, 오늘도 운동한 걸 수포로 돌아가게 했다는 죄책감이 듭니다. 아무것도 먹지 않으면 잘 참아 낸 자신이 대견한 한편, 허기 때문에 잠이 잘 오지 않아 힘들어요.

야식을 너무 많이 먹었다 싶은 때에는 다음 날 일어나 심호흡을 하며 체중계에 올라가기도 합니다. 예상한 것보다 더 큰 숫자가 나오면 '오늘 하루는 좀 덜 먹어야지, 너무 늦은 시간에 먹지 말아야지.' 하며 부질없는 다짐을 해 보기도 하고요. 내 몸과 함께 산 지 꽤 오래되었는데, 몸을 잘 다루는 방법은 아직 모르겠어요. 평생 이 몸을 가지고 살아가야 한다는 게 가끔은 너무 버겁게 느껴집니다.

놀랍게도, 몸을 대하는 이런 저의 태도는 예전과 비교하면 훨씬 나아진 것입니다. 적어도 몇 년 전 그랬던 것처럼 모든 음식의 칼로리를 확인하거나, 매일 몸무게를 재거나, 친구들과 살에 관한 이야기를 나누지는 않거든요.

기억하는 한, 단 한 번도 스스로 만족할 만큼 '마른 몸'인 적이 없던 저는 몇 년 전 극심한 다이어트를 단행했습니다. 칼로리는 낮지만 포만감이 드는 음식은 무엇인지 친구들과 공유하고, 매일 몇 그램이 빠졌는지 체크하고, 살 빠진 것 같다는 말을 칭찬처럼 사용하고는 했어요. 다른 사람들은 대체 밥을 얼마나 먹나 몰래 유심히 지켜보기도 하고요. 어떤 날에는 음식을 너무 적게 먹어 힘이 하나도 없는 몸으로 온종일 침대에 늘어져 있었습니다. 밤이면 유튜브로 걸 그룹의 뮤직비디오나 무대 영상을 보면서 그들의 몸을 부러워했어요. 당시 저와 함께 살았던 친구는 이런 생활을 반복하는 저를 보며 어딘가 아픈 게 분명하다고 걱정했대요.

나의 몸을 잘 데리고 살아가는 일이란 저에게 있어 오랫동안 해결하지 못한 문제였습니다. 하지만 남들 앞에서 아무렇지 않은 척하는 건 너무나도 쉬웠어요. 특히 저는 많은 사람 앞에서 대중문화와 페미니즘을 주제로 강연을 할 기회가 많습니다. 강연 자리에서 걸 그룹 같은 몸은 환상이라고, 여성 청소년들이 그런 문화에 익숙해지지 않게 도와야 한다고 말하곤 했습니다. 누구보다 제가 그 환상 때문에 괴로워하고 있었으면서 말이에요. 어느 날, 저는 여성 청소년들에게 외모 강박을 불러일으키는 케이팝 문화에 관한 강연을 마치고 집으로 돌아갈 준비를 하고 있었습니다. 강연 시간 내내 열심히 제 말을 듣고 있던 여성 한 분이 다가왔어요. 자신을 초등학교 선생님이라고 밝힌 그분은 말했습니다. "저희 반 여자 친구들은 걸 그룹 멤버가 되고 싶다고, 그런 몸매를 갖고 싶다고 말해요. 신체검사 때 몸무게가 자기 생각보다 많이 나오면 다이어트를 해야 한다며 울기도 하고요."

저는 큰 충격을 받았습니다. 초등학생들도 완벽한 몸을 만들어야 한다는 강박을 느낀다는 사실에요. 몸에 관한 자기혐오가 세대를 넘어 점점 더 어린 여성들에게까지 반복되고 있다는 생각에 섬뜩해졌습니다. 정신이 번쩍 들었어요. 외모에 집착하지 않아야 한다고 말만 할 게 아니라, 제 삶도 더 적극적으로 바꾸기로 했습니다. 몸에 대한 관점과 태도를 바꾸기 위한 그 어떤 노력도 하지 않으면서 '이런 모순은 어쩔 수 없어.'라고 생각하기를 그만두기로 했습니다.

그 뒤로 친한 친구들과 저는 한 가지 약속을 했어요. 실제로 만나서든 메신저에서든, 절대 외모에 관한 이야기를 나누지 않기로요. 그러다 보면 개인이 느끼는 외모 강박도 차차 옅어질 거라는 기대가 있었거든요. 그 이후로 친구들과 다이어트 비법을 공유하거나, 서로의 외모를 칭찬하는 일은 거의 사라졌습니다. 어느 누군가가 무심코 외모에 관한 말을 꺼내더라도 나머지가 대꾸하지 않으니 대화가 이어지지 않았지요. 그냥 관성적으로 나누던 대화를 하지 않는 것만으로도 마음이 좀 편안해졌습니다. 예전보다는 몸에 대한 생각도 덜 하게 되었고요.

에세이 『우아하고 호쾌한 여자 축구』(민음사 2018)에서 김혼비 작가는 축구를 한 뒤로 몸을 대하는 태도와 관점이 어떻게, 얼마나 달라졌는지 이야기합니다. 아름다운 몸이 아니라 축구를 잘할 수 있는 몸에 대한 욕망이 자라났다고요. 운동과 식단도 미용이 아니라 근력 및 체력 강화에 초점을 두게 되었고, 머리카락조차 축구를 하기에 편한 스타일로 다듬게 되었다고 해요. 알이 배어 단단해진 종아리도 아무렇지 않았다고 하고요.

이 책을 읽고 하루짜리 축구 수업에 참여해 보았습니다. 그날 저는 가벼운 운동복을 입고 뛰어다니는 감각, 발로 공을 차는 감각, 앞사람에게 공을 패스하는 감각, 다른 사람들과 한 팀으로 호흡을 맞추는 감각을 배웠어요. 축구에 익숙하지 않은 몸으로 정신없이 뛰어다녔더니 다음 날 발목과 종아리, 허벅지, 허리 곳곳에서 통증이 느껴졌어요. 살면서 처음 겪어 보는 부위의 근육통이었어요. 그제야 저는 깨달았습니다. 축구를 하는 동안 내 몸이 어떻게 생겼으며 남에게 어떻게 보이는지에 관해 전혀 생각하지 않았다는 사실을요.

하루 중 몸에 대해 생각하지 않는 시간을 따지는 게 더 쉬울 정도로, 한국 여성들은 끊임없는 외모 강박에 시달립니다. 주위 어른들이 아무렇지도 않게 던지는 말에, 친구들의 시선에, 그리고 미디어를 통해 학습한 기준에 내 외모를 끝없이 비춰 보며 좌절하지요. 그런데 여성은 어떤 외모를 가졌든 평가의 대상이 되곤 해요. 몸무게가 많이 나가면 많이 나가는 대로, 적게 나가면 적게 나가는 대로 주변 사람들이 몇 마디씩 말을 얹습니다. "넌 눈만 좀 더 컸으면 더 예뻤을 텐데."라는 둥 "다리가 조금만 더 길었으면 좋았겠다."라는 둥 몸을 부위별로 나누어 평가받는 데도 차츰 익숙해지곤 하지요. 아이러니한 사실은 걸 그룹 멤버나 배우들 역시 그런 말을 듣는다는 거예요. 그러니 실은, 외모에 관한 그 모든 말은 전혀 신경 쓸 필요가 없는 말들입니다. 완벽한 외모의 기준이란 애초에 존재하지 않고, 그런 기준에 나를 끼워 맞출 필요도 없으니까요.

있는 그대로 자신의 몸을 긍정하면 된다거나, 각자의 다양한 몸이 소중하고 아름답다는 말도 가급적 하고 싶지 않습니다. 틀린 말은 아니에요. 다 다르게 생긴 우리 각자의 몸은 다른 누구의 몸도 갖지 못한 고유함을 품고 있지요. 그렇지만 궁극적으로는, 여성들이 몸의 생김새에 대한 집착 자체에서 벗어날 수 있다면 좋겠어요. 몸의 기능에만 집중해 보자는 말도 조심스럽습니다. 그러다 보면 또 다른 강박을 갖게 될 수도 있기 때문입니다.

다만 이런 이야기는 할 수 있을 것 같아요. 김혼비 작가가 그랬듯 몸으로 느낄 수 있는 다른 감각에 집중하는 시간을 조금씩 더 늘려 보자고요. 발바닥으로 축구공을 살짝살짝 건드리는 느낌을, 달리면서 바람을 가르는 느낌을, 숨을 꾹 참고 수영장 바닥으로 내려가 잠영하는 느낌을 경험해 보는 거예요. 배드민턴 라켓 정중앙에 셔틀콕이 정확히 부딪혔을 때 팔에 얼마나 경쾌한 진동이 느껴지는지, 자전거 페달을 세게 밟으면 밟을수록 얼굴로 마주 불어오는 바람이 얼마나 더 강력해지는지를요. 그런 때는 정말로 내 몸이 어떻게 생겼는지조차 잊게 되니까요. 친구들과 제가 그랬던 것처럼, 몸에 관한 이야기를 덜 꺼내는 연습을 해 봐도 좋겠습니다. 일단은 '나 요즘 살찐 것 같아.' '나 다이어트 하려고.' 같은 말을 나누지 않는 것만으로도 정말 많은 게 달라질 거예요. 우리에게는 그런 이야기 말고도 해야 할 말, 하고 싶은 말이 많잖아요.

1.

'나도 무슨 운동이든 하고 싶다!'라는 생각이 강하게 들 때가 있어요. 다양한 종목에서 활약하는 여성 스포츠 선수들을 볼 때 그렇답니다. 축구의 지소연 선수, 배구의 김연경 선수, 양궁의 안산 선수, 수영의 정유인 선수 등 멋진 여성들이 많으니까요. 체형도 스타일도 다른 여성 스포츠 선수들이 마음껏 기뻐하고, 화내고, 소리 지르고, 집중하는 자연스러운 모습을 지켜보면 속이 시원해지는 것 같아요. 만약 여성 스포츠 선수들에 관해 더 자세히 알고 싶다면, KBS 「다큐 인사이트」 '다큐멘터리 국가대표' 편(2021)을 찾아보세요. '여성' 선수이기에 받아야 했던 차별의 역사, 앞으로 바뀌어야 할 부분들은 물론, 그럼에도 불구하고 자신의 일을 사랑하며 뛰어난 성과를 내고 있는 여성 국가대표들의 이야기를 들을 수 있어요.

2.

여성의 몸에 관한 책 중 러네이 엥겔른의 『거울 앞에서 너무 많은 시간을 보냈다』(웅진지식하우스 2017)를 추천하고 싶어요. 심리학 교수인 러네이 엥겔른은 10대부터 50대까지 여성 열아홉 명의 실제 이야기를 통해 여성들이 평생에 걸쳐 얼마나, 어떻게, 무슨 이유로 외모 강박에 시달리는지 보여 줍니다. 그것은 여성들 개인의 문제가 아니라, 이상화된 여성 이미지를 쏟아 내는 미디어와 주변에서 끊임없이 주입하는 아름다움에 관한 메시지 때문이라는 사실도요. 이 책에 따르면 젊은 여성 가운데 90퍼센트가 자신의 몸에서 마음에 들지 않는 부위가 있다고 답했고, 50퍼센트는 자신의 몸에 전반적으로 부정적인 평가를 내렸다고 해요. 여성들이 거울 앞에서 보내는 시간을 줄일 수 있다면, 몸에 대한 집착을 멈출 수 있다면 세상은 어떻게 바뀔까요? 러네이 엥겔른의 말처럼 "소녀와 여성이 이 세계를 더 나은 곳으로" 바꾸길 바란다면, 우리는 "거울에 비친 모습에 더 이상 집착하지 않도록 서로 도와야" 합니다.

1. 어떨 때 특히 내 외모에 신경 쓰게 되나요?

2. 운동을 해 본 적이 있나요? 어떤 운동을, 왜 좋아하나요? 앞으로 해 보고 싶은 운동이 있나요?

3. 외모에 대한 생각을 덜 하기 위해, 한 가지 다짐을 써 보세요.

(예: 주변 사람들에게 '오늘 피곤해 보인다.'라거나 '살이 좀 찐 것 같다.'라는 식의 말을 하지 않는다, 몸무게를 재지 않는다 등)

5

월경을 월경이라 부르기

저는 이 글을 월경 기간 막바지에 쓰고 있습니다. 다행히 월경은 사흘 만에 끝났지만, 이번에는 월경 직전까지의 시간을 너무 힘들게 보냈어요. 월경 전 증후군(PMS, premenstrual syndrome)이라고 들어 보셨나요? 월경 전에 반복적으로 발생하는 정서적, 행동적, 신체적 증상들을 특징으로 하는 일련의 증상군이라고 해요. 제가 반복적으로 겪는 증상은 유방과 유두의 통증, 수면 시간 변화, 주로 오른쪽 머리로 오는 편두통 등입니다. 어쩐 일인지 이번에는 식욕 변화도 극심해서, 무슨 음식이든 한두 입만 맛보면 냄새와 맛이 너무 강하게 느껴져 끝까지 먹을 수가 없었어요. 체온 조절도 잘 안 돼서 자다가 깬 날도 많습니다. 얼마나 괴로웠는지, 차라리 빨리 월경을 시작하는 게 낫겠다고 생각할 지경이었죠. 보통 저는 PMS를 2주

정도 겪고, 월경을 3일에서 5일 정도 합니다. 말하자면 한 달 중 절반 이상을 월경의 영향 아래 살아가는 셈이지요.

심지어 월경통도 겪기 때문에 PMS 기간이든 월경 기간이든 컨디션은 바닥입니다. 이럴 때는 일에 집중하기가 어려워요. 업무 처리 속도가 느려지고, 외출이라도 하고 돌아오면 몇 시간은 꼼짝없이 누워 있게 됩니다. 그래서 월경 기간에는 함께 일하는 동료들에게 현재 상태를 공유하고 양해를 구하기도 해요. 아무래도 동료들이 모두 여성이고, 또 월경에 관한 이야기를 서로 자주 나누는 편이라 가능한 방법이죠. 만약 제가 '월경'이라는 단어를 입 밖으로 꺼낼 수조차 없는 분위기에서 지내고 있다면 어떨까요? 컨디션이 좋지 않아도 그게 무엇 때문인지 설명할 수 없고, 평소보다 힘든 상태로 일을 소화하면서도 동료에게 도움을 구할 수 없을 거예요.

영화 「우리의 20세기」(2016)에 재미있는 장면이 나옵니다. 여러 사람이 식탁에 둘러앉아 대화를 나누는 가운데, 20대 여성인 '애비'는 힘없이 엎드려 있습니다. 다른 사람들이 그를 일으켜 세우려 하자 애비는 말하죠. "놔둬, 생리 중이야." (자막 번역이 '생리'로 되어 있어서 그대로 사용할게요.) 그 말을 들은 50대 여성 도러시아는 불쾌해하며 묻습니다. "생리하는 건 알겠는데 꼭 말로 해야 돼? 우리가 그것까지 알 필요가 있을까?" 애비는 다시 한번 짜증스럽게 대꾸해요. "뭐가요? 생리 중이라는데 그게 뭐 대수예요?" 애비가 '생리'라는 단어를 입 밖으로 낼 때마다 모두가 당황하지만, 애비는 굴

영화 「우리의 20세기」의 한 장면.

하지 않고 그 자리에 있는 모든 남성에게 '생리'라는 단어를 소리 내어 발음해 보라며 권합니다. 도러시아는 기가 막힌다는 표정을 짓고 있고요. 이 장면을 볼 때마다 저는 웃음이 터집니다. 이 영화에서 제일 좋아하는 부분이에요.

한때는 저도 '생리'나 '월경'이라는 단어를 다른 사람들 앞에서 말하기 어려워했습니다. 저뿐만 아니라 다른 여자 친구들도 마찬가지였죠. 지금이야 이렇게 글을 통해서도, 심지어 제가 진행하는 팟캐스트를 통해서도 월경 이야기를 아무렇지 않게 꺼내지만요. 우리는 왜 그렇게 '월경' 자체를 부끄러워했을까요? 제가 처음 월경을 시작한 게 초등학교 6학년 여름 방학쯤이었던 것 같은데, 그때 부모님이 제게 "이제는 아이를 가질 수 있는 몸이 되었으니 조심해야 한다."라고 당부했던 기억이 나요. 그 말에 따르면 월경은 여성인 저에게 축복인 동시에 저주였죠. 지금부터는 소중한 아이를 가질 수 있는 몸이 되었다는 뜻이자, '몸가짐을 똑바로 하지 않으면' 원치 않는 임신을 할 수도 있다는 뜻이었으니까요. 그건 뭔가 비밀스러우면서도 수치스러운 사실로 느껴졌어요.

그래서인지 월경을 월경이라 말하지 않고 '그날'이라고 하거나 '마법'이라고 말하기도 합니다. 월경통에 잘 듣는다는 한 진통제의 이름은 '그날엔'이고, 월경대 광고에서는 월경혈을 늘 투명한 푸른색 액체로 묘사하지요. 그러고 보니 왜 이 글에서 '생리'라는 단어를 쓰지 않고 '월경'이라는 단어를 쓰는지 궁금한 분들도 계실 거예요. 일상에서 더 많이 쓰는 단어는 생리니까요. 월경이 달의 주기로 일어나는 현상이라는 뜻으로 붙여진 이름인 반면, 생리는 그야말로 '생리 현상'이라는 뜻입니다. 여성만 특수하게 겪는 일임에도 모든 사람이 겪는 대소변 등과 같은 생리 현상이라는 이름을 붙임으로써, 굳이 구체적으로 설명하거나 직접적으로 말할 필요 없는 것이라는 분위기를 형성하는 셈이에요. (한편으로는 '월경'도 너무 에둘러 설명하는 것이며 따라서 '깨끗할 정(淨)'과 '피 혈(血)'을 써서 '정혈'이라고 부르자는 주장도 있습니다.)

월경을 월경이라 부르지 못하는 사회적 분위기가 형성되다 보니, 월경은 언제나 숨겨야 할 것으로 여겨졌어요. 예상치 못하게 월경을 시작하게 된 날에는 손가락으로 조심스럽게 공중에 네모 모양을 그리며 친구에게 소곤소곤 '그거 있어?'라고 물었습니다. 저는 여자중학교와 여자고등학교에 다녔는데도요. 친구들은 늘 파우치에 꼭꼭 숨겨 둔 월경대를 빌려주었죠. 편의점에 남성 직원이 있을 때는 월경대를 사는 게 너무 부끄러워서 몇 번이나 망설였어요. 한번은 까만 봉지에 월경대를 담아 집으로 돌아가던 중 같은 동네에 사는 남자애와 마주쳤고, 그 친구가 "도대체 뭘 사 가냐?"라며 봉투 안을 갑자기 들여다보는 바람에 부끄러워서 도망친 기억도 나네요.

김보람 감독의 다큐멘터리 「피의 연대기」(2018)를 보면 월경에 관한 이야기가 특히 한국에서 얼마나 금기시되어 왔는지 확인할 수 있습니다. 김보람 감독은 네덜란드 출신 친구에게 할머니가 직접 만든 월경대 파우치를 선물해요. 한국 여성이라면 대부분 사용하는 물건이니, 당연히 친구도 쓸 거라고 생각했던 거죠. 하지만 파우치를 받은 친구는 어리둥절해합니다. 이게 뭐지? 네덜란드에서는 대부분 질 안에 직접 넣어 월경혈을 흡수하는 탐폰을 쓰고, 그것을 굳이 숨기지도 않기 때문이에요. 그리고 우리는 곧 알게 됩니다. 한국에는 탐폰을 사용하는 여성들조차 흔하지 않다는 사실을요. 수많은 여성이 질 안에서 탐폰이 사라져 버릴 것 같다거나, '처녀막'(괴상한 단어죠? 정확히는 '질 입구 주름'이라고 해요.)이 손상될 것 같다거나 하는 이상한 두려움을 갖고 있는 거예요. 이러한 분위기 속에서 월경에 관한 제대로 된 정보나 지식을 얻기는 어렵습니다. 그래서 월경을 하는 여성 중 적지 않은 이들이 다른 선택지를 알지 못

「피의 연대기」 포스터.

해 불편함을 감수하며 살아갑니다.

월경은 여성들에게 아주 중요한 문제입니다. 임신과 출산에 관계되어 있기 때문이 아니라, 월경을 하기 전과 하는 동안 몸에 다양한 변화가 일어나고 그 일을 거의 인생의 절반 정도에 걸쳐 겪어야 하기 때문이에요. 여성들에게 중요한 문제라는 말은 단지 여성들만 알면 된다는 뜻이 아닙니다. 여성들과 함께 살아가는 모두가 알아야 하고, 월경에 관한 이야기를 자연스럽게 꺼내고 학습할 수 있는 분위기가 되어야 하지요. 「피의 연대기」에는 갑자기 월경이 시작된 한 여성이 어쩔 수 없이 지하철 좌석에 상당히 많은 양의 월경혈을 묻히고 사라진 사건이 등장합니다. 인터넷상에서 화제가 되었던 이 사건을 두고 어떤 사람은 "그걸 못 참냐?"라는 댓글을 달았습니다. 월경이 참을 수 있는 것이라면 여성들도 참 편할 것 같은데요……. 월경혈을 사람이 조절할 수 없다는, 매우 기초적인 상식조차 모두가 갖추고 있진 못할 정도로 우리 사회는 월경에 무지하고 무관심합니다.

그러다 보니 월경용품을 생활필수품으로 인지하는 시각도 부족했어요. 2016년, 월경용품을 구매할 돈이 부족해 휴지나 신발 깔창을 사용하는 여성 청소년들이 있다는 이야기가 SNS와 기사를 통해 알려졌습니다. 이를 계기로 여성가족부는 저소득층 여성 청소년에게 월경용품 구입권을 지급하는 '생리대 바우처 지원 사업'을 운영하고 있어요. 지원금은 2022년 기준으로 한 달에 1만 3000원입니다. 지원 사업이 없었던 예전과 비교하면 분명 상황이 나아졌지만, 월경용품을 구매하기엔 부족한 금액이지요. 또한 지원이 필요한 상황임에도, 선별 기준의 사각지대에 있어 지원을 받지 못하는 청소년도 분명히 있을 거예요. 스코틀랜드는 2022년 8월부터 전 세계 최초로 여성들에게 월경 용품을 무상 제공하기로 결정했다고 해요. 한국에도 이런 제도가 하루 빨리 도입되기를 바랍니다.

'월경 이야기를 꼭 이렇게까지 해야 하나?'라는 생각이 들 때면, 오래전의 저를 떠올립니다. 갑자기 월경이 시작되었는데 주변의 누구에게도 말할 수 없고, 옷에 흥건하게 묻은 월경혈을 다른 사람들에게 들킬까 봐 자리에서 일어나지도 못한 채 울고 싶은 심정으로 앉아 있던 한때의 저를요. 다행히 친구에게 문자를 보내 급히 옷을 빌려 엉덩이 쪽을 가리고 집으로 돌아올 수 있었지만, 며칠 동안 그 일을 계속 떠올리며 괴로워했었지요. 그런 상황에 놓인 어떤 여성이든 자연스럽게 주변에 도움을 요청할 수 있어야 한다는 마음으로, 월경은 부끄러운 게 아니며 우리는 월경에 대해 계속 더 크게 떠들어야 한다고 말하고 싶어요. 「피의 연대기」의 마지막 멘트처럼, 더 잘 피 흘리기 위해서 말이지요.

더 알아보기

1.

월경용품에는 월경대만 있는 게 아니에요. 요즘은 탐폰이나 월경 컵을 사용하는 여성들도 많습니다. 지난 2017년, 국내에서 판매 중인 대부분의 월경대에서 발암 물질이 검출됐다는 충격적인 소식이 알려지며 다른 월경용품을 이용하려는 움직임이 활발해졌지요. 탐폰은 돌돌 말린 형태의 펄프를 질에 넣어서 월경혈을 흡수하는 방식의 월경용품입니다. 월경혈의 양이 너무 많은 날이 아니라면 탐폰을 착용하고 수영이나 달리기 같은 운동도 할 수 있어요. 월경 컵은 실리콘 재질로 만들어진 컵 모양의 월경용품입니다. 질에 넣은 월경 컵 안에 월경혈이 차면 비워 내고 다시 사용하면 돼요. 처음 구매할 때는 가격이 몇 만 원대로 비싼 편이지만, 반복하여 사용 가능하기 때문에 장기적으로는 오히려 저렴하다고 볼 수 있어요. 월경용품의 종류가 다양하고 각각의 장단점이 뚜렷한 만큼, 여러 가지 시도를 통해 나에게 맞는 용품을 찾아보면 좋겠습니다.

2.

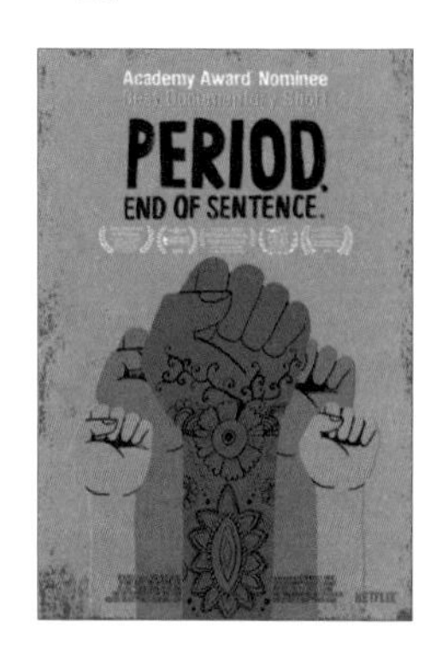

월경용품이 없으면 여성들의 삶은 어떻게 될까요? 넷플릭스에서 볼 수 있는 다큐멘터리 「피리어드: 더 패드 프로젝트」(2018)는 인도 뉴델리 외곽 하푸르 지역의 농촌 마을에서 오랫동안 월경용품 없이 살아왔던 여성들의 모습을 담습니다. 월경용품이 없었기 때문에 여성 청소년들은 월경 기간 동안 학교를 빠지거나 그만두어야 했고, 이는 당연히 필요한 교육을 받지 못하는 결과로 이어졌지요. 다행히 마을에 저렴한 값에 월경용품을 구입할 수 있는 기계가 설치됩니다. 여성들은 '플라이(FLY)'라는 이름의 월경용품을 생산하기 시작했고요. 이 프로젝트에는 미국 캘리포니아주의 한 고등학교에 다니던 여성 청소년들이 함께했다고 합니다. 이들은 월경용품 기계를 구입하는 데 필요한 초기 자금을 모으고, 선생님과 함께 전 세계에 월경용품 기계 배치 자금을 지원하는 비영리 단체 '더 패드 프로젝트(thepadproject.org)'를 만들었습니다. 그야말로 여성들의 '피의 연대기'인 셈이에요.

1. 월경을 처음 했을 때 어떤 기분이 들었나요? 왜 그런 기분이 들었을까요?(남학생들은 월경에 얼마나 알고 있었나요? 이 글을 읽고 새로 알게 된 사실에 대해 이야기해 보세요.)

2. 월경 증상을 주제로 친구들과 이야기해 본 적이 있나요? 왜 그 이야기를 나누는 게 어려웠을까요?

3. 월경이 여성의 사회생활에 걸림돌이 되지 않으려면 어떤 제도가 필요할까요?

6

우리 집의 비밀

초등학생일 때, 집에서 버스로 한 시간 정도 걸리는 학교에 다녔습니다. 4학년쯤의 어느 날, 아빠가 하교 시간에 맞춰 학교 앞으로 저를 데리러 오겠다고 약속했어요. 아빠 차를 타고 편하게 집에 갈 수 있다니! 마음이 들떴습니다. 평소에는 버스에 앉아 정신없이 졸며 집으로 돌아가야 했거든요. 수업을 마친 후 친한 친구와 조금 떠들다가 "우리 아빠가 곧 데리러 올 거니까 너는 먼저 집으로 가. 내일 봐!"라고 씩씩하게 인사를 건네며 친구를 먼저 집으로 보냈습니다. 그러고는 아빠를 만나기로 한 문구점 앞에서 기다리기 시작했어요.

약속한 시각에서 5분이 지나고, 10분이 지나고, 30분이 지나고……. 한 시간이 지나도 아빠 차와 비슷한 차가 보이지 않았습니다. 저는 까치발을 한 채 문구점 벽에 걸린 시계를 몰래 초조하게 들여다봤어요. 휴대폰이 없는 시절이었기 때문에 엄마나 아빠에게 전화를 할 수도 없었습니다. '어쩔 수 없이 오늘도 버스를 타고 돌아가야 하나?' 아빠가 올 거라는 기대를 접은 채로 주머니를 뒤져 봤습니다. 버스비를 하기에는 모자라고, 공중전화로 전화를 한 통 걸 수 있을 정도의 동전만이 남아 있었어요. 고민스러웠습니다. 아마 외향적인 어린이였다면 문구점 사장님이나 지나가는 다른 어른들에게 차비를 빌렸을 거예요. 하지만 지금처럼 그때도 내향적이었던 저는, 집까지 걸어가기로 결심했습니다. 시간이 얼마나 걸릴지는 알 수 없었지만 버스로 매일 다니는 길인 만큼 어떻게든 집을 찾아갈 수는 있을 것 같았거든요.

매연 가득한 터널을 지나고, 차가 쌩쌩 달리는 다리를 건넜습니다. 걷고 걷고 또 걸었어요. 세 시간을 넘게 걸었을 때 즈음 겨우 동네 입구에 도착했습니다. 그 순간 제 머릿속에 떠오른 걱정은 딱 하나였어요. 피아노 학원에 못 간다고 전화해야 하는데! 주머니에 있던 동전을 공중전화에 넣고, 학원에 전화를 걸어 선생님에게 오늘은 결석해야 할 것 같다고 말했어요. 소심하고 성실한 어린이였습니다.

아주 오랜 시간이 지난 일이지만 이날을 떠올리면 발바닥에 불이라도 붙은 것처럼 뜨거웠던 감각과, 그 와중에도 피아노 학원을 빼먹었다는 죄책감과, 어떻게든 길을 찾아 집에 도착했다는 약간의 뿌듯함 같은 것들이 생생하게 되살아납니다. 사건의 전말을 알게 된 엄마가 아빠에게 “당신은 어떻게 애하고 약속해 놓고 낮잠을 자느라 까먹을 수가 있어?”라며 화를 냈던 기억도요. 엄마의 화는 곧 부모님의 말다툼으로 번졌어요. 사실, 당시 저의 부모님은 따로 떨어져 살고 계셨거든요. 엄마와 아빠에게는 그때의 제가 몰랐던 두 분만의 사정이 있었겠지요. 전화로 아빠와 다투는 엄마의 목소리를 옆방에서 들으며 서러운 마음이 들었습니다. 내가 괜히 또 두 분이 싸울 이유를 만든 건가? 우리 집은 대체 왜 이럴까? 부모님은 왜 이렇게 사이가 좋지 않은 걸까? 언제쯤이면 이런 상황에서 벗어날 수 있을까? 우리 집도 다른 집처럼 평범하게 살면 좋을 텐데 왜 그게 안 되는 걸까, 갑갑했어요.

말다툼 중인 부모님의 목소리로 시작하는 영화 「우리집」(2019)의 첫 장면을 보며, 이미 어른이 되었는데도 잠시 어린 시절로 돌아간 듯 제 심장이 불안하게 쿵쿵 뛰었습니다. 주인공인 하나도 부모님 때문에 힘든 시간을 보내고 있습니다. 부모님은 매일같이 싸우고, 그 사이에서 하나는 어쩔 줄 모릅니다. 아직 어린이인 하나가 어른들의 싸움을 말리거나 거기에 무덤덤해지긴 어렵겠지요. 이러다가는 부모님이 헤어질 것만 같은데, 하나는 할 수 있는 일이 없어 답답합니다. “밥 먹자.”라거나 “같이 여행 가자.”라는 말밖에 할 수가 없어요.

한때의 저도 하나처럼 부모님이 싸우는 소리를 들으며 잠에 든다든지, 잠에서 깨어나는 순간 부모님이 싸우는 소리를 듣게 되는 일을 자주 겪었습니다. 그럴 때만큼은 제가 외동딸인 게 그렇게 외로울 수 없었어요. 언니나 오빠, 동생과 불안을 나눌 수 없으니까요. 부모님의 사이가 유난히 좋은 친구 집에 놀러 갈 때면 부럽고, 약간 주눅이 들기도 했습니다. 다들 저렇게 잘 사는데 우리 집만 행복하지 않은 것 같았거든요. 첫 월경을 한 친구가 온 가족에게 축하를 받았다고 조금 쑥스러운 듯 이야기했을 때는 정말 깜짝 놀랐습니다. 온 가족이 모여서 축하해 준다고? 아빠가 케이크를 사다 준다고? 저로서는 한 번도 상상해 보지 못한 일이었어요.

부모님의 다툼이 유난히 격해지는 날이면 두 분이 이혼한 이후의 시간을 지나치게 구체적으로 상상하게 되었습니다. 나는 엄마, 아빠 두 분 중 누구랑 살아야 하지? 이사를 해야 하는 걸까? 차라리 두 분이 따로 떨어져 살았던 기간이 저에게는 평화롭게 느껴질 정도였어요. 적어도 싸우는 소리를 듣지 않아도 되니까요.

'부모님 두 분이 따로 떨어져 산다'는 사실은 청소년기 내내 저에게 가장 큰 비밀이 되었습니다. 어느 정도의 불행을 내가 견딜 수 있다고 해도, 그걸 남에게 말할 수 있느냐는 또 다른 문제잖아요. 이 이야기를 친구에게 할 수 있을지, 친구들은 그런 내 상황을 이해해 줄지 걱정이 됐습니다. 아주아주 친한 친구가 생기면 그제야 겨우 "있잖아, 비밀인데……." 하며 이런 상황을 털어놓았지요. 말하지 않고 영원히 숨기는 방법도 있었겠지만, 친한 친구에게는 나에 관한 모든 걸 가능하면 다 알려 주고 싶었거든요. 그러면서 알게 된 건 부모님이 헤어졌거나, 부모님 중 한 분 또는 두 분 모두 안 계시거

「우리집」 포스터.

나, 저처럼 부모님이 따로 사는 상황에 놓인 친구들이 많다는 사실이었어요. 저와 비슷한 상황에 있든 안 있든, 그 어떤 친구도 제 사연에 지나치게 놀라거나 예민하게 반응하지 않았습니다. 그런 경험을 거듭하며 저 역시 부모님에 관한 이야기를 점점 더 편하게 하게 되었어요. 이건 분명 슬프고 안타까운 일이지만, 엄청나게 비극적인 일은 아니구나, 그런 일은 얼마든지 일어날 수 있구나, 싶었어요. 부모님의 일은 그들 사이의 일이기에 내가 할 수 있는 부분이 없다는 걸 인정하게 된 만큼, 나의 인생은 부모님의 인생과 별개라는 것 또한 이해하게 되었습니다.

가족이라는 게 이른바 '평범하고 정상적인' 하나의 모습으로 존재하지 않는다는 것도 차츰 알게 되었지요. 한 쌍의 부모와 그들의 자식으로 이루어진 가족이 아니라고 해서 가족이라 부르지 못한다거나, '평범하고 정상적이지' 않아서 불행하다고 할 수는 없을 테니까요. 그 전에, 평범하다는 건 뭘까요? 정상적이라는 건 어떤 뜻일까요? 모든 가족은 각자 다른 모양으로 살아갈 수 있고 그게 당연하다는 걸, 가족의 모습에 정답은 없다는 걸 누군가 더 일찍 말해 줬더라면 좋았을 텐데요.

「우리집」에서 하나의 부모님은 헤어지기로 결정합니다. 그 사실을 어떻게든 외면하려 했던 하나는 결국 두 분의 결정을 받아들이고 말합니다. "우리, 진짜 여행 가자." 갈등을 모른 척한다든지 억지로 해소하려는 여행이 아닌 부모님과 하나, 오빠가 다 함께 보냈던 시간을 잘 떠나보내기 위한 여행 말이에요.

엄마, 아빠와 내가 아무리 서로를 사랑해도 이별할 수 있음을, 심지어 어느 순간에는 사랑하지 않을 수도 있음을, 각자에게는 각자의 삶이 있음을 하나는 알게 되었을 것입니다. 아마 하나는 부모님이 헤어진 후에 많이 슬플 거예요. 그렇지만 그 슬픔에 너무 오랫동안 잠겨 있지는 않을 거라고 생각합니다. 하나는 지금 같은 모습의 가족이 아니어도 괜찮다는 걸, 잘못된 게 아니라는 걸 천천히 알게 될 거예요. 그리고, 하나 앞에는 부모님과는 또 다른 하나만의 시간이 놓여 있지요.

1.

「우리집」을 연출한 윤가은 감독은 어린이와 청소년의 세계를 세밀하게 들여다보는 어른이에요. 윤가은 감독의 작품 안에서 어린이는 주인공이며, 어른보다 미성숙한 존재가 아니라 이미 자신의 세상을 구축한 고유한 한 인간으로 그려집니다. 각자 부모님과 집에 대한 고민을 안고 있는 열두 살 하나와 유미, 유진 자매의 이야기를 담은 영화 「우리집」에서도 어린이에 대한 존중의 시선을 읽을 수 있지요.

「우리집」 촬영 현장에서는 어린이를 위한 여덟 가지 촬영 수칙이 있었다고 해요. 촬영 수칙은 이런 문장으로 시작합니다.

"「우리집」 현장은 어린이와 성인이 서로를 믿고, 존중하고, 도와주고, 배려하는 것을 제1원칙으로 합니다."

2.

부모가 자녀를 선택할 수 없듯, 자녀도 부모를 선택할 수 없죠. 조금 과격하게 표현한다면 자녀의 입장에서는 어떤 부모와 어떤 환경에서 살아가게 될지가 무작위로 정해지는 것과도 같고요. 제12회 창비청소년문학상 수상작인 이희영 작가의 소설 『페인트』(창비 2019)는 '자녀가 부모를 직접 고를 수 있다면 어떨까?'라는 질문에서 출발하는 이야기입니다. 국가가 설립한 NC(Nation's Children, 국가의 아이들) 센터에서 자란 열일곱 살 소년 제누는 입양을 위한 부모 면접인 '페인트'(parent's interview의 줄임말)를 꾸준히 치러 왔지만 진심으로 자신을 사랑해 줄 만한 사람들을 만나지 못했어요. 스무 살이 되면 'NC 출신'이라는 꼬리표를 단 채 세상으로 혼자 나가야 하고요. 그러던 어느 날, 제누는 어딘가 허술한 부부, 하니와 해오름과 마주합니다. 제누는 과연 어떤 선택을 할까요? 하니, 해오름과 제누는 가족이 될 수 있을까요?

1. '우리 집은 왜 이럴까?' 싶을 때가 있나요? 언제 그런 생각이 드나요?

2. 어떤 가족이 행복한 가족일까요?

3. 만약 부모님으로부터 독립한다면, 나는 어떻게 살고 싶나요?

7

나는 못해요

인터넷에서 '용기'라는 제목의 시를 보고 공감하며 웃은 적이 있습니다. 모두가 '넌 충분히 할 수 있어.' '용기를 내야 해.'라고 이야기하지만, 용기를 내어 결국 '나는 못해요.'라고 말했다는 내용의 시였어요. 어느 초등학생이 썼다고 알려졌던 이 시는 알고 보니 이규경 작가라는 분이 1989년에 쓴 것이라고 합니다. 시인은 거창한 용기가 아닌, 못한다고 말할 수 있는 용기의 필요성에 대해 이야기하고 싶었다고 해요.

못한다는 말을 농담 삼아 하기는 쉽습니다. 하지만 진지하게 나는 못한다고, 잘 모른다고, 그건 내 약점이라고 말하기는 왜 이리도 어려운 걸까요. 취직을 위한 자기소개서를 쓸 때면, 나의 단점을 쓰라는 항목에서 오랜 시간을 보내곤 했습니다. 내가 뭘 잘하는지 쓰기도 어렵지만 내가 뭘 잘 못하고 그래서 그걸 어떻게 보완하려고 하는지 쓰는 건 더 어렵더라고요. 단점이 정말 단점으로 비칠까 봐, 자기소개서를 읽는 사람들이 저의 단점만을 커다랗게 기억할까 봐요.

저는 일하는 동안 뭔가를 못한다고 말하기 싫어서 결과를 엉망으로 만들어 버린 적이 꽤 많습니다. 잘할 수 없는 일을 혼자 끙끙대며 고민하는 것보다, 못하겠다는 말 한마디를 하는 게 훨씬 더 어려웠던 거예요. 친구나 선배의 도움을 받았다면 쉽게 끝냈을 일도 조용히 끌어안고 있다가 문제를 더 크게 키우고는 했습니다. 지금은 좀 나아졌느냐고 묻는다면…… 지금은 또 일을 시작한 지 제법 오래되었기 때문에 다른 사람들이 그것도 못하냐고, 혹은 모르냐고 저를 비난할까 봐 다 아는 척, 할 수 있는 척할 때도 있습니다.

「엔칸토: 마법의 세계」(2021)를 보지 않았다면 '못한다'고 말하는 데 용기가 필요하다는 사실을 잊고 지냈을 것 같아요. 엔칸토 마을에는 마드리갈 가족이 살고 있습니다. 할머니부터 손주들까지, 대가족인 이들은 마법의 능력을 갖고 있죠. 단 한 사람, 열다섯 살 미라벨만 빼고요. 미라벨의 엄마는 요리로 사람들의 병을 고칩니다. 이모는 기분에 따라 날씨를 바꿀 수 있어요. 미라벨의 언니들은 아름다운 장미꽃을 끝도 없이 피워 내거나, 엄청난 힘으로 건물을 번쩍번쩍 들어 올립니다. 아주 작은 소리를 듣는다든지 다양한 모습으로 변신하고, 동물과 교감하는 사촌들도 있지요.

이런 가족 사이에 있다 보니 마법을 쓸 수 없는 미라벨은 가끔 시

「엔칸토: 마법의 세계」 포스터.

무룩해집니다. 그렇지만 미라벨은 할 수 있는 일을 하려고 해요. 마법의 힘을 갖고 있지 않아도 가족을 도울 방법은 많으니까요. 가족들은 그런 미라벨을 말립니다. 마법도 쓸 수 없으면서 무리하지 말라고, 능력 있는 다른 사람에게 맡기라고요. 가족의 중심인 할머니는 미라벨을 무척 사랑하지만 안타깝게도 그를 자랑스러워하지는 않습니다. 마법으로 집과 가족, 엔칸토 마을을 지키는 마드리갈 가족에게 마법 능력이 없는 구성원이란 약점과도 같으니까요.

스스로 완벽해 보이기를 바라고, 어려운 점이나 힘든 점을 겉으로 드러내지 않으려는 사람은 다른 사람의 그늘도 보지 못하거나 보지 않습니다. 미라벨의 할머니처럼요. 저 또한 그랬던 적이 있어요. 쌓여 있는 일들을 다 할 수 있다고 무리해서 맡으며 '완벽하게 일 처리를 하는 나' '유능해 보이는 나'에 빠져 있었거든요. 속으로는 힘들다고, 도저히 못 하겠다고 투덜대면서도요. 힘들어하는 주변 사람들을 보며 무심코 '나도 이렇게 열심히 일하면서 겉으로는 티 내지 않는데, 저 사람은 왜 저렇게 힘들다고 할까?'라고 생각한 적도 있습니다. 그러다 정신을 차리고 나니 나 자신이 끔찍하게 느껴졌어요. 모두가 완벽하게 제 몫을 해내야 한다는 생각은 자기 자신뿐 아니라 주변도 불행하게 만드는 것 같았기 때문이죠.

할머니는 집이 무너지고 있다는 사실을 가장 먼저 눈치챘으면서도 모든 가족에게 그 사실을 숨기고 홀로 두려워합니다. 다른 이들의 고민이나 어려움도 애써 모른 척하지요. 겉으로는 언제나 행복하고 강한 가족으로 보여야 하니까요.

가족들의 그늘을 알아보는 사람은 미라벨뿐입니다. 언젠가부터 힘이 점점 줄어들고 있다는 걸 느끼는 언니의 불안, 아름다운 꽃만 피워 내는 것도 자꾸 결혼을 강요받는 것도 싫은 또 다른 언니의 마음을 미라벨은 알아챕니다. 완벽해야 한다는 강박 사이로 삐져나오는 가족들의 약한 모습은 미라벨의 눈에 가장 먼저 띄어요. 세례식 날 긴장하며 침대 밑에 숨어 있는 사촌 동생에게 농담 섞인 응원을 건네는 사람도, 그 동생이 마법의 능력을 확인할 수 있는 문까지 혼자 걸어가기를 주저하며 손을 내밀 때 그 손을 잡는 사람도 미라벨입니다. 여기까지 보다 보면 알게 되지요. 미라벨이 가진 마법은 다른 사람의 약함을 알아보고, 옆에서 기꺼이 함께해 주는 힘이라는 걸요. 그리고 그건 내 약점을 인정하는 사람만이 부릴 수 있는 마법일 거예요.

저의 약점에 관해서도 고백하고 싶어요. 일단, 끈기가 없습니다. 없어도 너무 없어요. 어떤 일이든 끝까지 마무리하기 위해서는 혼신의 힘을 다해야 합니다. 저는 무엇을 배워도 초반에는 열심히 하지만 곧 흥미를 잃어버려요. 그렇게 재미있어하던 일본어 공부도 피아노도 달리기도 중도 포기하는 바람에 모두 어중간한 상태에 머물러 있습니다. 무엇이든 빨리빨리 진행하는 걸 좋아하는 데다 꼼꼼함이 부족해서 어느 선 이상으로는 결과물의 완성도를 높이지 못할 때도 있고요. 새로운 일을 시작할 때면 너무 심하게 긴장해서 심장이 정말 빠르게 뛰는 편입니다. 용감하게 새로운 일에 뛰어들기보다는 몸을 사리고 망설이고 고민해요. 가족이나 친구들에게 다정함을 잘 발휘하지 못하는, 조금은 무심하고 무뚝뚝한 사람이기도 합니다.

그렇기 때문에 저는 다른 사람들의 도움을 아주 많이 받습니다. 예를 들어 무언가를 끝까지 해내기 위해서는 러닝메이트가 되어 줄 친구와 함께합니다. 꼼꼼함이 부족하기 때문에 모든 일은 시간을 길게 두고 진행하고, 동료에게 꼭 한 번 더 확인해 달라고 요청해요. 낯선 일을 시작해야 할 때는 용감한 친구에게서 용기를 빌려 옵니다. 다른 사람의 다정함에 기댄 적은 수도 없이 많고요.

다시 「엔칸토」 이야기로 돌아가 볼까요. 무너져 가던 마드리갈 가족의 집은 모든 가족의 노력, 더불어 마을 사람들의 도움으로 복원됩니다. 가족들은 미라벨에게 집을 완성하는 마지막 도구인 문고리를 쥐어 주며 묻죠. "뭐가 보이니?" 문고리에 자신의 얼굴을 비춰 보며 미라벨은 답해요.

"내가 보여요. 나의 전부."

'나의 전부'라는 말에는 그의 가족들도, 다른 사람의 어려움을 알아보고 곁에 있어 줄 수 있는 힘도, 그리고 마법을 쓸 수 없다는 약점도 포함되어 있겠지요.

약점은 고치거나 없애야 할 것이라고들 말하지만, 저는 약점이야말로 나를 나답게 만드는 것이며 다른 사람과 나를 연결해 주는 부분이라고 믿습니다. 한 사람 한 사람이 모두 완벽할 수 있다면 세상에 이렇게 많은 사람이 존재하지 않았을지도 몰라요. 자, 그러니 용기를 내서 이렇게 말해 봅시다. "나는 못해요."

1.

「엔칸토: 마법의 세계」는 디즈니 애니메이션 스튜디오의 60번째 작품입니다. 디즈니의 다른 작품들과 차이가 있다는 사실, 눈치챘나요? 그동안 디즈니가 만든 대부분의 작품은 '공주'를 주인공으로 삼고, 그들이 영웅으로 성장하는 과정을 보여 주었어요. 「엔칸토」의 주인공 미라벨 역시 가족과 마을을 구한 영웅이 되기는 하지만, 그는 공주가 아닙니다. 마법의 능력이 있다는 점에서 마드리갈 가족은 왕족만큼이나 특별한 존재이지만 그들이 엔칸토의 다른 주민들을 통치하는 건 아니죠. 공주가 아닌, 마법을 쓸 수 없는 열다섯 살 여자아이를 주인공으로 내세웠다는 점에서 디즈니의 작품 세계가 아주 조금씩이나마 진보하고 있다고 말할 수 있을 것 같아요.

2.

멕시코를 배경으로 했던 「코코」(2017)에 이어, 콜롬비아에서 영감을 받았다는 「엔칸토」 역시 라틴 문화를 담아내고 있어요. 실제로 디즈니 애니메이션 스튜디오 안에서 인종이나 출신 지역 등의 다양성이 얼마나 보장되는지는 알 수 없지만, 작품을 통해서는 다양한 문화를 조명하려고 조금씩 노력하는 것 같습니다. 「엔칸토」의 라틴 무드를 조성하는 가장 큰 요소는 음악이에요. 「모아나」(2016)와 「인 더 하이츠」(2021) 「틱, 틱…붐!」(2021)의 음악을 만들기도 한 뉴욕 출신의 푸에르토리코계 배우, 작곡가, 작사가인 린 마누엘 미란다가 OST 프로듀싱을 맡았습니다. OST 중 가장 큰 사랑을 받은 곡은 '위 돈 토크 어바웃 브루노(We Don't Talk About Bruno)'로, 미국 스포티파이와 아이튠스 차트 1위, 빌보드 차트 핫100 1위를 기록하기도 했어요.

1. 나는 무엇을 못하거나 어려워하나요?

2. 무언가를 잘하지 못해서 친구나 가족 등 주변 사람들의 도움을 받은 적이 있나요? 어떤 경우였나요?

3. 누군가 '나는 못해요.'라고 말한다면, 나는 그 사람에게 뭐라고 말해 줄 수 있을까요?

8

재능에 관하여

재능에 관해서라면, 저는 자신 있었습니다. 저에게 많은 재능이 있다고 믿었어요. 무엇이든 금방 배웠고, 그럴싸해 보이는 수준까지 빠르게 올라서는 편이었거든요. 글쓰기에 관해서도 마찬가지였습니다. 어릴 때는 단 한 번도 제가 글을 잘 못 쓴다고 생각해 본 적이 없어요. 틈만 나면 책을 읽었으며, 그 덕분인지 교내 글쓰기 대회가 열리기만 하면 상을 받았지요. 과학 상상 글짓기, 에세이, 편지 등 장르와 관계없이 상을 놓친 적이 거의 없습니다. 서랍에는 글쓰기 대회 상장이 가득했고, 나중에는 글쓰기에 관한 상을 받는 게 시시해질 지경이었어요. '글을 잘 쓰는 사람'이라는 건 저에게 아주 중요한 정체성이었습니다. 용감하게도 일기를 써서 홈페이지에 올리거나, 지금의 인스타그램과 비슷했던 싸이월드에 멋 부린 문장들로 가득한 소설과 수필을 적어 올리고는 했어요. 친구들이 네 글 잘 읽었다고, 정말 좋다고 말해 주면 마음속으로 우쭐해했습니다. '당연하지! 내가 썼는데 안 좋을 리가 있냐고.' 작가가 되겠다고 다짐한 적은 없지만 재능을 확신했어요. 제 안에는 '나는 글을 잘 쓰는 사람'이라는 믿음이 계속 있었어요.

기자가 되고 글 쓰는 일로 월급을 받기 시작하면서 그 믿음은 와장창 깨졌습니다. 일을 시작하고 몇 달이 지나도록 글 잘 썼다는 말을 단 한 번도 듣지 못했거든요. 읽는 사람을 더 중요하게 여겨야 하는 기자로서 쓰는 글과 그냥 혼자 끼적이는 글은 무척이나 달랐습니다. '글 잘 쓰는 사람'인 나니까 자연스럽게 모든 글을 잘 쓸 수 있을 것이라는 저의 생각은 착각이었습니다. 실제로는 함께 일하는 선배들이 제 글을 매번 처음부터 끝까지 다 뜯어 고쳐 주어야 할 정도였어요. 나름대로 열심히, 잘 썼다고 생각한 글이 고쳐지고, 고쳐지고, 또 고쳐지는 모습을 보면서 슬슬 회의감이 밀려왔습니다. 밤새워 일하는 것보다 글 잘 쓴다는 소리를 듣지 못하는 것이 더 힘들었어요. 그즈음 글쓰기가 너무 버거워서 자주 울었습니다. 그동안 내가 내 재능을 착각해 온 건 아닐까. 글쓰기에 재능이 없는 거라면, 빨리 그만두는 게 낫지 않을까. 다 포기하고 싶었습니다. 회사에서 나와야겠다고 결심했어요. 그런데 문득 이런 생각이 들었답니다.

'지금 이 상태로 그만두면, 같이 일했던 사람들이 나를 글도 못 쓰는 기자였다고 기억할 거잖아. 그건 내 자존심이 허락하지 않는 일인데?'

글을 더 잘 쓰고 싶다는 욕심보다 글 못 쓰는 사람으로 남고 싶지는 않다는 오기가 저를 노력하게 만들었습니다. 딱 1년만 버텨 보자는 결심으로 그때부터 다시 책도 열심히 읽고, 다른 기사도 유심히 보고, 괜찮은 수준이 될 때까지 스스로 글도 고쳐 보면서 매일을 보냈어요. 그렇게 1년을 채우자 저는 선배들의 도움을 덜 받고도 읽을 만한 글을 쓰는 기자가 되어 있었습니다. 글 쓰는 일이 꽤 재미있다는 사실도 다시 깨닫게 되었지요. 재능이 다가 아니며, 재능이란 영원하지 않다는 것도요.

분명 사람마다 타고난 재능이 있을 거예요. 특별히 노력하지 않아도 남들만큼, 혹은 남들보다 더 잘하게 되는 무언가가 있다면 그게 바로 재능이지요. 비슷한 시기에 배우기 시작했는데 수학이나 과학을, 체육을, 음악을 월등히 잘하는 친구들이 있잖아요. 미술을 유난히 잘 못했던 저는 별로 힘들이지 않고도 멋진 그림을 쓱쓱 그려 내는 친구들을 보며 '저게 타고난 재능이라는 거구나.' 생각하고는 했거든요. 그렇지만 재능이 주는 행운의 상한선은 정해져 있어요. 재능이 기반을 마련해 준다면, 그 이후로는 성실한 노력이 뒷받침되어야 합니다.

눈앞에서 당장 빛나는 재능에 비해, 성실함에는 가치가 잘 매겨지지 않는 것 같아요. 성실함은 변함없다는 뜻이기도 해서 눈에 잘 띄지 않습니다. 너무 열심히 노력하는 모습은 좀 멋없어 보일 것 같으니, 노력은 숨기고 타고난 재능인 척 멋지고 탁월한 모습만 남들에게 보여 주고 싶을 때도 있어요. 하지만 재능이 원래 있든 없든, 그것은 그리 중요하지 않습니다. 이 사실을 아는 사람만이 앞으로 더 나아질 수 있다고 생각해요.

이런 이야기가 '성취를 위해 열심히 노력해야만 한다.' 혹은 '노력하면 안 되는 일이 없다. 그러니 무조건 노력해라.'라는 뜻으로 비칠까 봐 약간은 걱정됩니다. 재능과 노력이 적절한 조화를 이룬다고 해서, 성실함을 최대치로 발휘한다고 해서 모든 일에 좋은 성과를 기대할 수 있는 건 아니거든요. 다만 자기 자신만큼은 어제와 오늘, 무엇이 얼마나 달라졌는지 눈치챌 수 있죠. 오늘의 내가 좀 아쉬워도 내일은 그보다 나아질 거라 기대할 수도 있고요. 재능에 집착하지 않는 노력은 오래오래 버틸 힘과 자신을 쉽게 비관하지 않을 힘을 만들어 줄 거예요.

그래도 '나는 내 재능이 뭔지 알고 싶어.' '아무리 고민해 봐도 난 재능이 없는 것 같은데…….'라고 생각하는 분이 있겠지요? 비밀을 하나 알려 드릴게요. 무언가를 좋아하는 마음 역시 재능이 될 수 있답니다. 좋아하는 것을 발견하고, 거기에 몰입하고, 그것을 좋아한다고 크게 말하는 일은 의외로 쉽지 않거든요.

영화 「썸머 필름을 타고!」의 '맨발'은 시대극을 좋아하는 일본의 고등학생입니다. 그러나 사무라이를 주인공으로 한 맨발의 시나리오는 같은 영화 동아리 친구들에게 인기를 얻지 못하고, 영화화되지 못할 위기에 처하죠. 맨발은 자신이 좋아하는 이야기를 영화로

영화 속 블루 하와이, 맨발, 킥보드의 모습.

만들어 내겠다는 의지를 꺾지 않습니다. 몇몇 친구와 힘을 모아 우당탕탕 함께 영화를 만들기 시작해요. 맨발의 시나리오가 아주 뛰어나서가 아니라, 그의 '좋아하는 마음'이 친구들을 움직인 거예요.

비밀이 하나 더 있습니다. 재능은 창작이나 학문, 기술의 영역에만 존재하는 게 아니에요. 누군가의 재능이 꼭 글쓰기나 피아노 연주, 어려운 수학 문제 풀기 등에만 있는 건 아니라는 의미입니다. 예를 들어, 제 친구 중 한 명은 다른 친구들이 했던 이야기를 잘 듣고 잘 기억해 두고는 해요. 저는 그 친구를 가리켜 '우정에 재능이 있는 사람'이라고 말합니다. 사랑에 재능이 있거나, 다정함에 재능이 있는 사람도 있겠죠.

더 좋은 건 그런 재능 역시 노력을 통해 더 나아질 수 있다는 거예요. 너무 많이 슬퍼서 트위터에 슬펐다는 글을 남긴 어느 날, 저는 지인으로부터 편지를 한 통 받았습니다. 거기에는 '종종 견딜 수 있을 만큼만 슬프길 바랄게요.'라는 문장이 쓰여 있었어요. 그는 빛나는 다정함을 가진 사람이었지요. 예전 같으면 그런 다정함은 그 사람이 타고난 것이라고, 백 퍼센트의 확률로 재능이라고 여겼을 거예요. 하지만 편지를 읽고 또 읽는 동안, 그가 얼마나 많은 사람을 위로하는 연습을 성실히 해 왔는지, 그러면서도 함부로 위로하지 않는 태도를 고민하며 적절한 다정함을 발휘하기 위해 노력해 왔는지 깨닫게 되었습니다.

편지에는 제가 다른 사람들의 반짝임을 잘 발견해 주는 사람이라는 칭찬도 담겨 있었어요. 저는 그 칭찬을 (제 마음대로) 이렇게 해석했습니다. '너는 재능을 타고난 것처럼 보이는 누군가의 모습 뒤에 숨겨진 노력의 시간을 볼 줄 아는 사람이야. 그게 너의 진짜 재능이지.' 어깨가 으쓱해졌어요. 재능이 없거나 부족하다는 생각으로 작아질 때마다 이 말을 기억하려고요. 이건 제가 얼마든지 갈고닦을 수 있는 재능이니까요.

1.

「썸머 필름을 타고!」에서 가장 좋은 부분은 감독인 맨발이 친구들의 재능을 발견해 영화 작업의 적재적소에 배치하는 과정입니다. 야구를 유난히 좋아해서 방망이에 공이 맞는 소리만 듣고도 누가 친 공인지 알아채는 친구에게는 음향을, 라이트가 여러 개 달린 독특한 자전거를 직접 커스터마이징해서 타고 다니는 친구에게는 조명을 맡기죠. 또래보다 조금 나이가 많아 보이는 얼굴이 고민이었던 친구는 주인공의 라이벌이라는 중요한 역할을 맡게 됩니다. 검도를 사랑하는 친구는 사무라이 연기를 하는 친구들에게 검 휘두르는 방법을 가르치고, 망원경으로 늘 우주를 관측하던 친구는 휴대폰 카메라 렌즈 너머의 촬영 감독이 됩니다. 저는 이 영화를 몹시도 사랑해서 여러 번 봤는데요, 맨발이 친구들을 모아 놓고 이렇게 말하는 장면에서는 어김없이 울게 돼요. "이번 여름엔 너희들의 청춘을 내가 좀 쓸게!"

2.

좋아하는 마음으로 어디까지 뻗어 나갈 수 있는지 궁금하다면, 정지혜 작가의 에세이집 『좋아하는 마음이 우릴 구할 거야』(애슝 그림, 휴머니스트 2020)를 읽어 보세요. 정지혜 작가는 한 사람에게 꼭 맞는 책을 처방해 주는 콘셉트의 '사적인서점'을 운영하고 있습니다. 책을 좋아하는 마음, 책이 주는 기쁨과 위로를 다른 사람들에게도 전하고 싶은 마음 덕분에 가능한 일이지요. 그런 정지혜 작가도 한때는 일을 너무 열심히 한 나머지 마음을 다친 적이 있었다고 해요. 그때 그를 구원해 준 건 우연히 빠져든 BTS '덕질'이었습니다. '덕질'을 통해 일상의 즐거움과 활력을 되찾고, 다친 마음도 서서히 회복할 수 있었대요. 그러고 보면 좋아하는 마음은 나 자신을, 너 나아가 타인을 구하는 귀한 재능이 되기도 하네요.

1. 어떤 재능을 가진 사람을 볼 때 부러운 마음이 드나요? 그 이유는 뭘까요?

2. 나는 무엇에 재능이 있는 사람일까요? 어떨 때 그 재능을 실감하나요?

3. 친구들이 가진 재능은 무엇인가요? 서로에게서 발견한 재능에 대해 이야기해 줍시다.

9

'지나가는 사람 1'의 기분

아직도 아주 강렬하게 남아 있는 유치원생 때의 기억이 있습니다. 『별주부전』 아시지요? 충성스러운 신하 자라가 아픈 용왕님을 살리기 위해 토끼의 간을 찾으러 육지로 떠나는 이야기입니다. 학예회에서 이 연극을 하게 되었어요. 뭐든지 친구들 중에 제일 잘해야 하고, 무대가 있다면 가운데 서야 직성이 풀리는 어린이였던 저는 역할을 정하는 날만 기다렸어요. 분명히 제가 토끼 역할을 할 거라고 믿었거든요. 영화로 따지자면 토끼는 자라와의 공동 주연 같은 거고, 귀엽게 생기기까지 했으니 꼭 토끼를 맡고 싶었어요.

그날 오후, 유치원 앞마당에 아이들을 줄 세워 놓고 선생님은 각자 맡은 역할을 알려 주기 시작했습니다.

"너는 용왕, 너는 자라, 너는 토끼……. 그리고 효진이는, 가오리 1."

내가 가오리라니? 생각지도 못한 상황에 충격을 받았지만, 저는 의기소침해하는 대신 욕심 많은 어린이답게 쉬는 시간을 틈타 선생님에게 달려갔습니다. 그리고 귓속말로 몰래 물었어요.

"선생님, 제가 토끼 역할 하면 안 되나요?"

선생님은 다정하지만 단호한 말투로 답했습니다.

"응, 그럴 수는 없지. 토끼 역할은 이미 다른 친구가 하기로 했으니까."

슬프고 아쉽고 서러웠지만 저는 가오리 1이라는 역할을 받아들여야 했습니다. 하얀색 티셔츠와 보라색 바지를 입고, 가오리 모양 머리띠를 쓴 채 무대에 올라 열심히 연기했어요. 모든 게 나를 중심으로 돌아가지 않는다는 것, 내가 세상의 주인공이 아니라는 것을 그때 처음 깨달은 듯합니다. 울음을 참는 방법도요.

영화 「레이디 버드」(2017)는 그때의 저처럼 어디서나 주인공이 되고 싶은 고등학생 레이디 버드의 이야기입니다. 본명은 크리스틴이지만 가족과 친구, 선생님에게 자신을 레이디 버드로 불러 달라고 말해요. 고향인 미국 캘리포니아주의 새크라멘토를 벗어난 적이 없는 레이디 버드는 그곳이 너무 지겹습니다. 넉넉하지 못한 형편의 부모님도, 착하지만 좀 지루한 친구도, 정숙을 요구하는 가톨릭계 학교도, 무엇보다 특별해지고 싶지만 원하는 만큼 특별하지는 않은 것 같은 자기 자신이 지겨워요. 레이디 버드는 새크라멘토를 떠나 새로운 지역의 대학으로 진학하기를 간절히 바랍니다. 예쁘고 인기 많은 친구와 가까워지려고 노력하고, 또래 남자아이들과 달리 어딘가 분위기 있어 보이는 남자 친구와 데이트를 시도하기도 합니다. 그는 끊임없이 지금의 자신이 아닌 다른 자신이 되려고 해요.

태어나고 자란 곳이 지긋지긋한 마음, 엄마와 딸이 나누는 복잡한 감정, 내가 아닌 다른 누군가가 되고 싶은 바람. 그런 걸 나도 알 것 같다고, 레이디 버드에게서 나의 모습을 발견하게 된다고 쓰려던 찰나, 저는 문득 골똘히 생각에 잠겼습니다. 저를 겹쳐 놓기에 레이디 버드는 너무 특별해 보였거든요. 스스로 새로운 이름을 짓고, 어떻게든 원하는 것을 이루어 내려 하고, 자신의 재능을 믿는 여자아이란 그 자체로 흔치 않은 존재니까요. 레이디 버드 역시 자기 자리에서 고군분투하고 있다는 걸 알면서도 그런 마음이 들었습니다.

'크리스틴, 특별해지고 싶어 하기엔 넌 이미 너무 특별해.'

영화를 보는 내내 저는 생각했어요.

'그리고…… 어쨌든 넌 주인공인걸.'

저는 레이디 버드의 옆자리에 있는 친구에게서 저의 모습을 발견했습니다. 그야말로 '평범한 친구'로 등장하는 줄리 말이에요. 우리는 줄리에 관해 많은 것을 알 수는 없습니다. 줄리에게 레이디 버드 외에 다른 친구는 거의 없다는 것, 노래를 꽤 잘 불러 연극에서 비중 있는 역할을 맡게 되었다는 것, 선생님을 좋아한다는 것, 엄마가 새 남자 친구를 만나고 있으며 그는 줄리에게 다정하다는 것 정도입니다. 그러나 레이디 버드는 평범한 줄리가 아닌 다른 친구에게 관심을 쏟고, 줄리가 좋아하는 선생님에겐 사랑하는 사람이 있으며, 엄마의 남자 친구는 엄마와 줄리를 떠납니다. 졸업 파티에 가지 못하

영화 속 레이디 버드와 줄리의 모습.

고 집에서 혼자 울고 있던 줄리는 뒤늦게 자신을 찾아온 레이디 버드에게 말해요.

"세상에는 원래 행복하지 못한 사람도 있어."

영화가 보여 주지 않는 시간을 줄리는 어떻게 보냈을까요? 연극에서 중요한 역할을 맡게 되었을 때는 기쁨에 차 혼자 보는 일기장에 길고 긴 일기를 썼을지도 모릅니다. 레이디 버드가 다른 친구들과 어울릴 때는 집으로 돌아와 베개에 얼굴을 묻은 채 울었을지도 모르고, 레이디 버드와 싸우다 "넌 네가 주인공이 아니면 아무것도 못 하는 관심종자야."라고 소리 지른 후에는 '내가 왜 그런 말을 했을까?' 싶어 내내 속상해했을 것 같아요. 영화를 보다 보면 원하는 것을 크게 소리 내어 말하지 못하고, 학교에서 남들 눈에 띌 정도로 잘하는 건 없고, 주변에 친구가 많지 않은 평범한 줄리의 매일매일을 계속 상상하게 돼요. 그리고 줄리가 평범한 자신의 삶을 조금 덜 불행하게 느꼈으면 좋겠다고 바라게 됩니다.

요즘 저는 왜 내가 여기서 주인공이 아니냐고, 내가 주인공이 되면 안 되냐고 누구에게도 묻지 않습니다. 그래도 가끔은 여전히 토끼와 자라가 주인공인 이야기에서 '가오리 1'을 맡은 것 같은 기분을 느껴요. 나보다 더 재능이 뛰어난 것 같은 사람을 볼 때, SNS에서 매일 재미있는 하루하루를 보내는 것 같은 사람을 볼 때, 나보다 주변에 친구가 훨씬 더 많은 것 같은 사람을 볼 때 말이지요. 그럴 때는 '나는 내 인생의 주인공이야.' 같은 말에도 힘이 나지 않습니다. 우리 각자는 내 인생의 주인공이지만, 어떤 순간에는 그 순간의 주인공인 것 같은 사람들이 분명 따로 있잖아요. 이런 마음은 과연 시간이 흐를수록 나아질까요? 우리가 지금보다 더 나이를 먹는다면 내가 주인공이 아닌 상황에 조금 더 담담해질 수 있을까요? 더 많은 사람을 알게 되고, 더 넓은 곳으로 나아갈수록 오히려 그런 기분을 더 자주 느끼지는 않을까요?

내가 세상의 주인공이 아니라는 사실을 받아들이고 인정하는 사람이 되자고 다짐하는 대신, 저는 나의 세계로 눈을 돌리는 방법을 연습하고 있습니다. 쿨한 사람이 되는 건 너무너무 어렵거든요. 일기를 쓰는 건 그보다는 훨씬 쉽고요. 저는 5년 동안의 일기를 기록

할 수 있는 일기장에 오늘은 어제와 어떻게 달랐는지, 오늘 무엇이 좋고 싫었는지 씁니다. 초등학생 때처럼 제 일기를 검사하는 사람이 없으니 빼먹는 날도 많지만, 바로 그렇기 때문에 최대한 솔직하게 쓸 수는 있어요. 다른 사람을 부러워하는 못난 모습을 감추지 못해 거울 속에서도 불퉁한 얼굴만 발견하게 되는 날에는 오늘은 내가 너무 싫었다고, 그래서 울고 싶었다고 씁니다. 누군가 나를 화나게 하거나 서운하게 만든 날에는 그게 얼마나 슬펐는지 쓰지요. 수영을 배우며 잘되지 않던 기술에 어느 정도 익숙해진 날에는 몹시 뿌듯했다고, 수영을 정말 사랑한다고도 썼습니다. 그렇게 차곡차곡 쌓인 일기를 돌아보면 내가 초라하게 느껴진 날들만 있었던 건 아니라는 사실에 안심하게 돼요.

영화에서 주인공의 옆자리, 혹은 그보다 먼 자리에서 짧게 얼굴을 비추는 사람들을 생각하고 상상하는 일도 계속해 보려고 합니다. '가오리 1' '지나가는 사람 1' 정도인 것 같은 사람의 일상도 클로즈업해 보면 매일 많은 일이 벌어지고 있다는 걸 이제는 아니까요. 그러면 내가 아무것도 아닌 사람처럼 느껴지는 날도, 반대로 다른 누군가를 아무것도 아닌 사람이라고 말하고 싶어지는 날도 어떻게든 견딜 수 있을 거예요.

1.

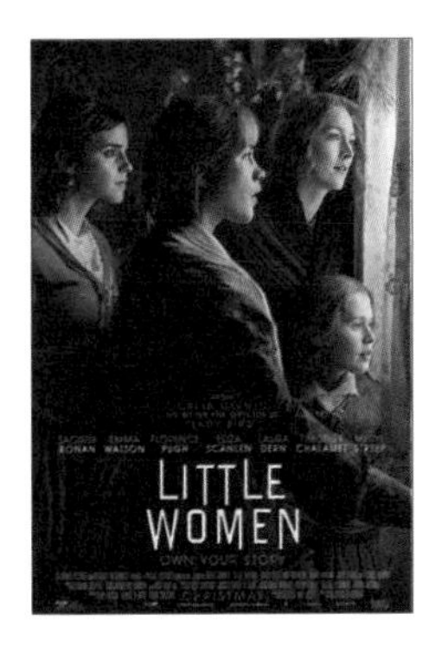

영화 「레이디 버드」를 연출한 그레타 거윅은 감독이면서 배우이자 작가이기도 해요. 「레이디 버드」는 그가 대본을 쓰고 직접 연출한 첫 번째 영화입니다. 이 작품으로 그레타 거윅은 미국 최대의 영화 축제인 아카데미상의 감독상 후보에 이름을 올린 역대 다섯 번째 여성이 되었답니다. 그가 만든 또 다른 작품으로는 「작은 아씨들」(2019)이 있어요. 여러분이 한 번쯤 제목을 들어 보거나 읽어 봤을, 아주 오래전에 나온 루이자 메이 올컷의 소설을 영화로 만든 작품이지요. 각자 다른 가치관을 가진 메그와 조, 베스, 에이미 네 자매의 이야기가 펼쳐집니다. 원작과 영화를 함께 감상하며 어떤 부분이 다른지 비교해 본다면 더욱 재미있을 거예요.

2.

「레이디 버드」에서 줄리 역을 연기한 배우, 비니 펠드스틴이 주인공을 맡은 영화를 소개합니다. 고등학교 내내 공부와 스펙 쌓기에 열중했지만, 졸업 파티를 앞두고서야 그게 전부가 아니라는 사실을 깨달은 두 친구 에이미와 몰리의 이야기를 담은 「북스마트」(2019)입니다. 「레이디 버드」에서와는 전혀 다른 비니 펠드스틴의 모습을 만날 수 있어요. 에이미와 몰리의 우정은 크리스틴과 줄리의 우정과는 또 어떻게 같고 다른지, 나와 내 친구들이 맺는 우정과는 무엇이 비슷하고 다른지 생각해 보세요.

1. 내가 너무 평범하다고 느껴질 때가 있나요? 언제 그런 기분이 드나요?

2. 친구들이 가진 특징 가운데 부러운 면이나 닮고 싶은 면이 있나요? 왜 그 점을 닮고 싶나요?

3. 어떤 경우에도 절대 바꾸고 싶지 않은, 내가 생각하는 나의 좋은 점은 무엇인가요?

10

주고받는 마음들

영화 「벌새」(2019)의 열네 살 은희에게는 세상이 이상하게만 보입니다. 선생님들은 좋은 대학에 가야 한다는 말만 반복합니다. 학생들에게 이런 구호를 외치게 할 정도죠. “나는, 노래방 대신, 서울대, 간다!” 아빠는 자식들이 열심히 공부해서 잘되길 바란다는 이유로 자신이 휘두르는 폭력을 정당화하고, 엄마는 하루하루를 겨우 버텨 내고 있는 것처럼 보입니다. 아빠가 만든 가정의 질서를 내면화한 오빠는 은희에게 폭력적으로 굴며, 언니는 공부에도 가족에도 별 관심이 없고 밖으로만 나돌아요.

또래 친구들이라고 다를까요? 공부를 열심히, 잘하지 않으면 가난하게 살 수밖에 없다는 혐오의 논리는 학생들에게도 이미 깊숙이 스며들어 있습니다. 몇몇 아이는 책상에 엎드려 있는 은희를 멀리서 바라보며 “쟤 또 잔다.”라고 수군댑니다. 은희의 유일한 기쁨은 남자 친구이지만, 깊은 교감을 나누는 사이는 아닙니다. 이렇게 쓰다 보니 은희에게 삶이 지루하게 느껴지는 건 당연하다는 생각이 드네요. 은희도 세상을 이해하지 못하고, 세상도 은희를 이해하지 못합니다. 어디를 둘러봐도, 그 누구도, 그 무엇도 은희에게 계속 살다 보면 더 좋은 것이 기다리고 있다는 희망을 주지 못해요.

어떤 사람들은 이런 은희를 두고 ‘중2병’에 걸렸다고 말할 수도 있겠지요. 모든 일에 심드렁하고, 혼자만의 세계에 갇혀 있는 것처럼 보이니까요. ‘중2병’이라는 표현에는 청소년이 겪어 내는 시간을 진지하게 여기지 않는 시선이 담겨 있습니다. 나와 세상을 이전보다 깊이 고민하기 시작한 그들의 속마음을 들여다보려 하지 않고, 그 시기를 ‘잠깐 그러다 지나갈 시간’ 또는 ‘흑역사’쯤으로 생각하는 거예요. ‘그 나이 때는 다들 그런 거야.’라는 말은 ‘너 혼자만 그런 게 아니야.’라는 위로가 되기도 하지만, ‘내가 왜 이런지’를 들여다볼 수 없게 만들기도 합니다. 내가 겪고 있는 건 중2병이고 다들 그렇다고 하니까 질문을 던지거나 도움을 요청하기도 어렵죠. 은희는 ‘중2병’의 시기를 지나고 있는 게 아니라 자신의 존재와 싸우고 있으며, ‘왜 내가 계속 살아야 할까?’라는 물음을 던지는 중입니다.

여기서 처음으로 고백하는데, 저도 그런 질문을 품어 본 적이 있어요. 가까운 가족은 물론 그 누구도 나를 이해하려고 노력하거나 관심을 가져 주지 않는다고 느꼈던 순간이었습니다. 세상에서 내가 사라져야 주변 사람들이 나의 소중함을 깨달을 것 같았어요. 은희가 친구 지숙에게 내가 죽어 버리면 가족들도 그제야 미안해할 거라고, 그러면 나는 그 모습을 하늘에서 내려다보며 후련해할 거라고 말하는 장면에서 저는 깜짝 놀랐습니다. 청소년이 죽음이라는 단어를 떠올린다는 데 놀란 게 아니라, 제가 단 한 번도, 그 누구에게도 말하지 않았던 마음을 들킨 것 같아서요. 어른이 되어서도 종종 그때를 다시 떠올렸어요. 당시의 나는 정말 심각했는데도, 그 일이 어린 시절의 치기에 지나지 않는다고 여겼습니다. 「벌새」는 그렇지 않다는 것을 알게 했습니다. 그때 제가 느낀 외로움이 별거 아닌 게 아니었다고 말해 주었어요. 온전히 이해받지 못한다는 느낌은 한 사람의 존재에 무척 큰 영향을 끼치니까요.

사실 '누군가 나를 이해하고 있다'는 감각은 거창한 호의에서 오는 게 아니잖아요. 나를 보아 주는 것, 무슨 일은 없는지 물어봐 주는 것, 내가 네 옆에 있다고 말해 주는 것. 그 정도면 충분한데 말이에요. 다행히도 저에게는 그런 말을 해 주는 선생님이 한 분 있었어요. 열일곱 살 때의 저는 매일 점심시간과 방과 후, 새로 가입한 부 활동을 하느라 바빴습니다. 연습 때문에 밥을 제대로 챙겨 먹지 못해 하루가 다르게 몸무게가 줄었어요. 선배들과의 관계도 어려워서 늘 조금 주눅 들어 있었고요. 힘든 티가 난다는 걸 그때의 저는 몰랐지만 아마 담임 선생님 눈에는 잘 보였나 봐요. 제가 부 활동에 관해 아무 말도 하지 않았는데, 어느 날 선생님은 저를 교무실에 불러 조용히 이야기했습니다.

영화 속 영지 선생님과 은희의 모습.

“무슨 일 있으면 선생님한테 꼭 말해 줘. 선생님이 다 처리해 줄 테니까. 알았지?”

다행히 은희도 영지 선생님을 만납니다. 영지 선생님은 서로 마음을 안다는 것이 어렵고 드문 일이라는 사실을 아는 어른이에요. 그리고 그 어렵고 드문 일을 하려고 노력합니다. 마음이 아픈 은희에게 따뜻한 차를 내어 주며, 맞지 말라고, 누가 너를 때리면 어떻게든 맞서 싸우라고 말해요. 세상에 얼마나 말도 안 되는 일이 많이 일어나는지 공감해 주기도 합니다.

그리고 실은, 꼭 영지 선생님이 아니더라도 은희에게는 조그만 호의와 선의가 다가옵니다. 아마 영지 선생님을 만난 이후로 은희에게 그런 것들을 볼 수 있는 눈과 받아들일 수 있는 마음이 생긴 거겠지요. 은희가 턱 수술로 병원에 입원했을 때 같은 병실의 아주머니가 나눠 준 맛있는 매실 장아찌. 은희를 좋아하는 후배 유리가 건네준 장미꽃 한 송이. 의사 선생님의 걱정 어린 관심. 그런 것들이 은희를 자라게 하고, 살아가게 만듭니다.

아플수록 성숙해진다는 말을 많이 들어 보았을 거예요. 고통이 사람을 성장시킨다는 의미이지요. 수많은 영화나 드라마에서도 주인공들은 무언가를 잃거나 어떤 일을 실패한 이후 완전히 다른 사람이 되고는 하잖아요. 한 사람이 고통과 상실을 겪으며 자라고 변한다는 말이 아주 틀렸다고는 생각하지 않아요. 그렇지만 정확히는 고통과 상실 덕분이 아니라, 고통과 상실이 다가올 때 좋은 것들도 함께 다가오기 때문이겠지요. 그리고 이 점을 경험으로 알게 되면서 우리는 삶을 버티고 성장할 수 있는 것 아닐까 생각해요.

영지 선생님과 다른 사람들이 보내 준 온기를 품은 채, 은희는 자신의 바깥을 보고 타인을 조금씩 이해하기 시작합니다. '세상이 왜 이런지 모르겠다'는 표정으로 주변을 바라보던 은희는, 이제 호기심과 애정, 약간의 두려움이 섞인 표정으로 모든 것을 마주 봅니다. 영지 선생님이 은희에게 남긴 편지의 마지막 문장처럼, 세상은 참 신기하고 아름답습니다. 앞으로 은희에게 세상은 이해가 되지 않아 이상한 곳이 아니라 알 수 없어서 더 알고 싶고, 알 수 없어서 서로를 이해하려는 노력으로 가득한 신기하고 아름다운 곳일 거예요.

다른 사람을 완전하게 이해하는 일은 결국 실패할 수밖에 없습니다. 나를 완전하게 이해받는 일도 마찬가지고요. 실패하지 않을 수 있는 건 이해하려는 노력뿐일 거예요. 내 옆의 사람들을, 혹은 나와 멀리 떨어져 있는 사람들을 이해해 보려고 노력하는 것. 그들에게 무슨 일이 일어나고 있는지 보고 듣고 묻는 것. 내 선에서 가능한 호의와 선의를 선물하는 것. 그리고 이런 노력은 어른들이 훨씬 더 열심히 해야 하는 것 같아요. 그 말은 곧, 어른인 저 역시 열심히 해야 하는 일이라는 뜻이기도 합니다. 청소년인 여러분에게 바깥 사람들과 세상으로 눈을 돌리라고 말하기 전에, 어른인 저부터 청소년들을 살필 수 있어야 하겠지요. 영지 선생님이 그랬던 것처럼요. 영지 선생님을 통해 은희는 자신을 조금씩이나마 좋아할 수 있게 되었고, 다른 사람들을 이해하기 시작했으니까요.

저는 청소년의 가족도 가까운 선생님도 아니지만, 오히려 그 무엇도 아닌 어른이라서 할 수 있는 일을 계속 고민하겠습니다. 이 글도 그런 일 가운데 하나일 수 있기를 바라고요.

혹시 아무도 나를 이해하지 못하는 것 같아 외로움을 느끼는 사람이 있다면, 다른 사람과 주고받은 작은 기쁨들을 떠올려 보라고 말하고 싶어요. '이해'라는 말은 너무 크고 뭉툭하지만 누군가와 나눈 마음은 작아도 구체적이니까요. 수업 시간 내내 별것 아닌 말로 친구와 주고받았던 쪽지, 아픈 나를 내려다보던 부모님의 걱정 가득한 얼굴, 요즘 어렵거나 힘든 일은 없는지 물어 오는 선생님의 다정한 말투, 길을 몰라 헤매고 있을 때 성큼성큼 다가와 어느 방향으로 가면 되는지 알려 주는 이름 모를 사람의 친절, 그리고 또…….

1.

벌새는 벌처럼 공중에 정지해서 꽃에 있는 꿀을 빨아 먹는 새입니다. 다 자라도 몸길이가 5센티미터밖에 되지 않을 정도로 작은 새이기도 해요. 벌새는 1초에 열아홉 번에서 아흔 번의 날갯짓을 한다고도 알려져 있는데요, 영화 「벌새」의 제목은 바로 이러한 특징에서 영감을 얻은 것입니다. 날기 위해 여러 번 날갯짓을 하는 벌새가 고군분투하며 매일을 살아가는 청소년들의 모습과 닮아 있다는 의미에서요. 사진으로만 봐도 무척 귀여운 벌새는, 아쉽게도 한국에서는 찾아볼 수 없습니다. 대부분 열대 지방에 살고 있다고 해요. 혹시 한국에서 '벌새가 아닐까?' 싶은 생명체를 본다면, 아마 '꼬리박각시'라는 나방일 거예요. 둘은 멀리서 보면 아주 비슷하게 생겼거든요.

2.

「벌새」는 김보라 감독의 장편영화 데뷔작입니다. 이 작품은 한국을 비롯하여 전 세계 곳곳의 다양한 영화제에서 50개 이상의 상을 수상했어요. 김보라 감독의 다음 작품은 김초엽 작가의 단편소설을 원작으로 한 「스펙트럼」으로 알려졌습니다. 원작은 외계 생명체와 인간의 감각 및 언어, 소통에 관한 SF소설인데요, 이 이야기가 김보라 감독과 만나 어떤 영화로 탄생할지 기대가 돼요. 영화가 완성될 때까지는 시간이 조금 걸릴 테니, 「스펙트럼」이 실려 있는 김초엽 작가의 단편집 『우리가 빛의 속도로 갈 수 없다면』(허블 2019)을 읽으며 기다리시기를 권합니다.

1. 내가 이해받지 못한다는 느낌을 받을 때는 언제인가요?

2. 내가 마음을 아는 상대는 몇 명이나 있을까요?

3. 가족, 친구, 선생님 혹은 모르는 사람들에게 고마움을 느꼈던 순간에 관해 이야기해 봅시다.

11

질투는 나의 힘

매주 월요일과 수요일, 금요일에는 수영장에 갑니다. 수영을 배우고 있거든요. 끈기가 없어서 무엇이든 오랫동안 지속하지 못하는 편이지만, 수영만큼은 2년째 계속하는 걸 보면 제가 이걸 꽤 좋아하나 봐요. 수영장까지 20분 정도를 걸어가야 하는 번거로움이 있긴 해도, 수영은 저에게 순수한 기쁨을 주는 운동입니다. 수영을 배우러 갈 시간이 다가오면 기분 좋은 긴장감이 들어요. 오늘은 지난 시간보다 얼마나 덜 힘들게 자유형을 할 수 있을지, 선생님이 어떤 기술을 새롭게 가르쳐 줄지, 지난 시간에 되지 않았던 턴이 오늘은 과연 될는지 등의 기대가 생깁니다.

회원 카드를 찍고, 탈의실 안으로 발을 들여놓는 순간 수영장 특유의 소독약 냄새가 훅 풍겨 와요. 수영장에 갈 때마다 맡는 익숙한 냄새인데도 맡을 때마다 마음이 설렙니다. 오늘도 내가 수영장에 왔구나. 깨끗이 샤워를 하고, 수영복으로 갈아입고, 수모와 수경을 쓰고, 간단한 체조로 몸을 살짝 푼 다음 물속에 한쪽 발부터 조심스럽게 담가 봅니다. 몸이 너무 놀라지 않도록 수영장 끝에 걸터앉아 다시 천천히 무릎까지 물에 담그고, 가슴까지 물을 손으로 조금씩 끼얹다가 물과 내 몸이 비슷한 온도가 되었다고 느껴질 무렵 풍덩, 물속으로 뛰어듭니다. 수영을 좋아하지만 제 체력이 좋지는 않아요. 자유형과 평영, 접영을 번갈아 가며 50분 내내 수영장을 돌고 나면 얼굴이 새빨개져 있습니다. 기초 체력을 기르기 위해 수영을 하는 건데 기초 체력이 없어서 수영이 힘든, 그런 모순된 날이 반복되고 있지만 그래도 괜찮아요. 재미있거든요. 물그림자가 바닥에 일렁이는 장면을 보는 것, 수영이 잘되는 날에는 내가 물을 타고 앞으로 쭉쭉 나아가고 있다는 느낌을 받는 것, 팔을 저을 때 뽀로록 하고 아주 작은 물보라가 이는 소리를 듣는 것. 전부 다 제가 무척 좋아하는 순간들입니다. 아, 수영을 끝내고 머리카락이 덜 마른 채 집으로 돌아가는 길도요.

"효진 씨는 우리 반 에이스야."

이렇게 순수하게 즐거워서 하는 수영인데도, 함께 수영장에 다니는 친구가 '에이스'라고 말해 주었을 때는 많이 기뻤습니다. 수영을 더 잘하고 싶어졌어요. 매일 밤 침대에 누워 유튜브에 '접영 하는 법' '사이드 턴 하는 법' '플립 턴 하는 법' '평영 다리 모양' 등을 검색해 이런저런 영상을 봤습니다. 수영장에서 직접 연습할 수 있는 시간은 한정되어 있고, 그런 상황에서 수영을 더 잘하려면 잘하는 사람들의 자세를 보고 배우는 수밖에 없으니까요.

"저분 봤어요? 수영 실력이 엄청 많이 늘었더라고요. 에이스야, 에이스." 얼마 지나지 않아 친구가 다른 회원을 가리키며 이렇게 말했을 때는 마음이 조급해졌습니다. 얼마나 잘하길래? 수영장 레인 끝에서 실눈을 뜨고 연습 중인 그 사람을 봤어요. 자유형은 확실히 잘하는 것 같고, 평영도 괜찮네……. 그런데 접영은 솔직히 내가 낫지 않나? 내가 웨이브를 더 잘하는 것 같은데? 우습게도 질투가 났습니다. 우리 반의 에이스는 난데!

수영을 취미로 하고 있는 저도 이 정도인데, 선수급이라면 어떨까요. 동화 『5번 레인』(은소홀 글, 노인경 그림, 문학동네 2020)의 열세 살 나루가 자기보다 수영을 잘하는 친구를 질투하는 건 당연한 일이겠지요. 강나루는 수영반 에이스이지만, 시합만 나가면 다른 학교의 김초희에게 패배합니다. 열심히 연습했는데도 나루는 초희를 이기지 못합니다. 초희를 질투하다 못한 나루는 초희의 반짝이는 수영복에 뭔가 꼼수가 있을 거라고 생각합니다. 그것만 사라지면 자신이 초희를 이길지도 모른다고 믿으면서요. 결국 나루는 초희의 수영복을 훔쳐 숨깁니다. 하지만 어찌 된 영문인지 나루의 초조함은 사라지지 않아요. 사실은 그 수영복에 아무 힘도 없다는 걸, 중요한 건 나루 본인의 실력과 마음이라는 걸 나루도 이미 알고 있기 때문입니다.

제가 나루와 같은 나이였을 때, 저희 엄마는 저를 이렇게 표현하고는 했어요.

"얘가 애살이 별로 없어서요."

'애살'은 경상도 사투리인데요, '무언가를 잘 해내고자 하는 욕심' 정도로 뜻을 설명할 수 있을 것 같아요. 애살이 있다는 건 뭘 잘하고 싶어서 애쓰고, 욕심을 내고, 때로는 다른 사람을 질투하기도 한다는 거지요. 엄마가 보기에 저는 그런 욕심이 없는 좀 물렁한 아이, 할 수 있는 만큼만 하고 다른 사람을 굳이 이기고자 하는 마음이 없는 아이였나 봐요. 저는 오랫동안 그 말을 믿었습니다. 매일매일 질투로 마음이 이글이글 타올랐는데도요.

저는 온갖 것을 다 질투했습니다. 선생님이 친구에게 심부름을 자주 시키는 것도, 같은 동아리 선배들이 다른 친구를 예뻐하는 것도, 친구의 집이 저희 집보다 넓은 것도, 중간고사에서 친구가 저보다 더 좋은 성적을 받은 것도, 어쩐지 친구가 저보다 훨씬 더 예쁘고 날씬해 보이는 것도. 어른이 되어서도 질투는 계속되었어요. 질투가 너무 심해서 스스로를 갉아먹던 어느 날에는 누가 저한테 뭐라고 한 것도 아닌데 집으로 돌아와 저녁 내내 운 적도 있습니다.

'엄마, 저는 애살이 없는 애라면서요……. 질투 때문에 이렇게 괴로운데 왜 저한테 애살이 없다고 하신 건가요…….'

만약 마음의 구성 성분을 확인할 수 있다면, 내 마음에는 질투의 지분이 가장 크지 않을까 싶을 정도였어요.

지금이라고 뭐 다를까요. 저는 작가니까, 다른 작가들이 좋은 글을 쓰거나 그 글들이 좋은 반응을 얻는 모습을 보면 질투가 납니다. 왜 나는 그만큼 좋은 글을 쓰지 못할까, 왜 그만큼 많은 사랑을 받는 책을 만들지 못할까, 자책하게 돼요. 다른 작가들을 미워하거나 싫어하는 건 아니에요. 동경하는 마음, 축하하는 마음도 질투와 함께 부풀어 오릅니다. 이런 마음과 저런 마음을 모두 갖는 건 모순이 아니라 당연하다고 생각해요.

물론 내 안의 질투를 깨닫는 건 상당히 고통스러운 일입니다. 그 질투를 들여다볼수록 내가 얼마나 못났는지 알게 되거든요. '아니, 나는 왜 이런 것까지 질투를 하지?' 싶을 때도 있어요. 그렇다고 질투라는 감정을 무조건 없애야 하는 것 같지는 않아요. 내 의지대로 없앨 수도 없고요. 우리는 계속 다른 사람들과 함께 살아가야 하니까요. 다른 사람들을 보고 나면 나와 비교하게 되는걸요.

중요한 건 '질투하는 나'를 들여다보는 일입니다. 괴롭더라도요. 내가 무언가에 질투를 느낀다는 건 그게 내가 지금 갖고 싶은 것, 하고 싶은 것, 되고 싶은 것과 맞닿아 있다는 뜻이잖아요. 그렇다면 자신에게 한번 이유를 물어보는 거예요. 왜 그걸 하고 싶어? 왜 그걸 가져야 한다고 생각해? 이유를 파고 들어가다 보면, 내가 느낀 질투가 나에 관해 아주 중요한 힌트를 주고 있다는 걸 깨닫게 되기도 합니다. 나루가 그랬던 것처럼요. 시합에서 자꾸만 이기는 초희를 질투했던 이유는 나루가 수영을 정말 사랑하고, 그래서 그만큼 잘하고 싶었기 때문입니다. 부모님이나 선생님과는 관계없이 오로지 나루의 마음과 의지로요.

한편, 때로 질투의 안쪽을 자세히 들여다보면 그 마음이 내 바람이나 의지와는 상관없었다는 걸 알게 되기도 해요. 어른들이 학생은 공부를 잘해야 한다고 하니까, 미디어에서 여자아이들은 예쁘고 날씬해야 한다고 하니까, 세상이 돈 많은 게 최고라고 하니까, 나도 그래야 하는 줄 알고 그 기준으로 나와 다른 사람들을 자꾸 비교하는 거죠.

이렇게 쓰기는 했지만, 질투라는 감정을 잘 다루는 방법은 저도 배워 나가는 중입니다. 얼마 전에는 아는 사람과 만나 이런 대화를 나눴어요. 상대방이 말했습니다.

"저는 질투가 심해서, 인스타그램을 보다가 질투 나는 게시물에는 '좋아요'를 누르지 않은 적도 많아요."

이어서 제가 덧붙였습니다.

"저는 질투가 너무 심해서, 인스타그램을 보다가 질투 나는 게시물에는 '좋아요'를 일부러 더 누르기도 해요. '나는 당신을 질투하지만, 그럼에도 관대하게 '좋아요'를 누를 수 있는 사람이다!' 그런 심정으로요."

우리는 마주 보고 그냥 웃었습니다. 질투에 대해 더 많은 말은 필요 없을 것 같았어요.

1.

『5번 레인』에서 나루는 5번 레인을, 초희는 4번 레인을 배정받습니다. 나루와 초희가 좋아하는 레인을 고른 게 아니라 시합 규칙에 따라 결정된 것이지요. 물속에 들어가 수영을 해 보면, 옆 레인에서 수영하는 사람들이 만들어 내는 물의 움직임이 느껴져요. 그래서 수영 시합에서는 주변의 영향을 가장 적게 받는 레인이 좋은 레인이고, 성적이 뛰어난 순서대로 좋은 레인을 배정받게 됩니다. 4번이 가장 먼저고 그다음은 5번, 3번, 6번, 2번, 7번, 1번, 8번 순서라고 해요. 그렇다면 『5번 레인』이라는 제목은 '2등'이라는 말로도 바꿀 수 있겠지요.

2.

「5번 레인」은 제21회 문학동네어린이문학상 대상 수상작입니다. 이때 「5번 레인」과 함께 대상을 수상한 작품이 하나 더 있는데요, 바로 루리 작가의 「긴긴밤」(문학동네 2021) 입니다. 지구상에 딱 하나 남은 흰바위코뿔소 노든과 버려진 알에서 태어난 어린 펭귄이 함께 여러 긴긴밤을 보내며 바다를 찾아가는 이야기예요. 한 사람이 태어나 고유한 자기 세계를 가진 존재로 무사히 자라나려면 얼마나 많은 이의 다정함이 필요한지 생각하게 됩니다. 책을 펼친다면 반드시 울게 될 테니 마음의 준비를 하고 읽어 주세요.

1. 최근에 질투를 느낀 적이 있나요? 그건 언제였나요?

2. 질투를 느낄 때, 나는 어떻게 행동하나요?

3. 내가 다른 누구보다 정말 잘하고 싶은 것은 무엇인가요?

12

진짜로 갖고 싶은 것

연예인의 일상을 보여 주는 예능 프로그램을 종종 봅니다. 그리고 깜짝 놀라요. 다들 어떻게 저렇게 크고 멋진, 좋은 집에서 살고 있을까? 방이 몇 개고 전체 넓이가 어느 정도인지 가늠할 수조차 없을 만큼 그들의 집은 어마어마하게 큽니다. 집 안에 있는 가구도, 가전제품도 전부 최신식이고요. 이런 프로그램을 보다 보면 돈 생각을 하지 않을 수 없습니다. '저 정도 집에서 살려면 돈이 얼마나 있어야 할까?' 상상해 보는 거죠. 실제로 연예인의 집이 방송에 새롭게 등장하면, 포털 사이트에는 그 집이 어느 동네에 있는지, 얼마짜리인지 등의 정보가 재빠르게 올라옵니다. 가끔은 저도 궁금한 마음에 그걸 검색해 보기도 해요. 그런 집의 가격은 보통 제가 평생 쉬지 않고 일해도 절대 모을 수 없을 것 같은 액수입니다. 엔터테인먼트 산업의 특성상, 일반적인 사람들보다 벌어들이는 돈의 단위가 훨씬 더 큰 연예인이니까 저런 집에 살 수 있는 건 당연하다고 생각하다가도 도대체 왜 내가 그들의 집을 보고 있어야 하는지 잘 모르겠다는 마음이 들기도 합니다.

저는 돈에 관해 자주 고민하는 편은 아니지만, 가급적 돈이 많으면 좋겠다는 소망은 있습니다. 하지만 누가 저에게 '어느 정도로 돈이 많으면 만족할 것 같아?'라고 묻는다면 거기에는 대답하기 어렵습니다. 그저 막연하게 '지금보다는 많으면 좋겠는데…….' 싶은 거죠. 일생을 통틀어 충분한 돈을 가졌다고 느껴 본 적은 단 한 번도 없습니다. 부모님에게 용돈을 받아도 늘 돈은 모자랐고 그래서 언제나 돈을 조금 더 갖고 싶었어요. 용돈이 턱없이 부족하다는 불만 때문에 아르바이트를 한 적도 있는데요, 그렇게 번 돈을 정작 만족스럽게 쓰지는 못했어요.

어떻게든 용돈은 받았지만, 저희 집은 늘 돈이 빠듯했어요. 급식비를 내지 못하는 건 흔하게 겪는 일이었습니다. 교탁 앞으로 불려가서, 급식비가 몇 달째 밀렸다고 알려 주는 미납 통지서를 받아 제자리로 돌아올 때면 어디로든 숨고 싶은 심정이 되었어요. 엄마는 왜 이렇게 얼마 되지도 않는, 기본적인 돈을 못 내주는 걸까. 이유를 알면서도 괜히 엄마를 원망했습니다. 그때 제가 할 수 있는 건 원망뿐이었으니까요.

작은 집에 산다는 사실도 시간이 지날수록 점점 창피해졌어요. 원래 저는 작은 우리 집을 전혀 부끄러워하지 않았어요. 방과 후에 친구들을 데려와 놀거나, 친구들에게 내 방에서 자고 가라고 제안하기도 했어요. 작은 침대 하나와 책상 하나를 놓으면 꽉 찰 정도로 좁은 방이었지만 친구들과 즐겁게 놀기에는 부족하지 않았거든요.

그러던 어느 날, 선생님이 각자의 집을 그려 오라는 숙제를 내 주었습니다. 실제 우리 집 크기를 몇십 분의 1 수준으로 줄여서 도면을 그려 보라는 것이었지요. 별생각 없이 저도 숙제를 했습니다. 문제는 그다음이었어요. 학교에 가서 다른 친구들의 집 도면과 비교해 보니, 저희 집 도면이 너무너무 작았던 거예요. 충격적이었습니다. 우리 집이 작다고는 어렴풋이 느꼈지만 그 정도로 작을 줄은 몰랐으니까요.

그때부터 저는 집에 관한 이야기를 잘 꺼내지 않았습니다. 여전히 친구들을 집에 데려오기는 했지만 아주아주 가까운 친구들만, 그러니까 우리 집이 작아도 그다지 신경 쓰지 않을 것 같은 친구들만 데려왔어요. 돈과 집에 관한 꿈도 이전보다 구체적으로 꾸기 시작했습니다. 빨리 돈을 많이 벌어서, 꼭 넓고 좋은 집에서 살아야지. 어른이 되면, 한 서른 살쯤 되면 돈 걱정 없이 내 마음에 꼭 드는 크고 쾌적한 집에서 살 수 있을 것 같았어요.

더 좋은 집, 더 많은 돈을 꿈꾸지 않는 사람도 있을까요? 영화 「소공녀」(2018)의 미소는 하기 싫은 일을 하지 않습니다. 할 수 있고 하고 싶은 일을 꼭 감당할 수 있을 만큼만 해요. 미소에게 그런 일은 청소입니다. 일하고 받는 돈은 터무니없이 적고, 물가는 점점 오르

「소공녀」 포스터.

지만 미소는 자신이 원하는 삶의 방식을 포기할 생각이 없습니다. 번 돈의 일부를 떼어 주식에 투자하거나 더 나은 집에 살기 위해 저축하는 대신 좋아하는 것을 사고, 남자 친구와 데이트를 하고, 필요한 약을 사죠. 이런 것들은 부자가 되는 데 아무런 도움이 되지 않습니다. 그렇지만 미소의 삶을 지탱하는 데 무척 중요한 요소들이에요. 한 친구는 미소의 그런 태도를 나무라며 그건 사치라고, 너는 부끄러움을 모르는 사람이라고 비난합니다. 또 다른 친구의 부모님은 미소가 고정적인 직업과 안정된 집, 넉넉한 돈을 갖지 못했다는 이유로 미소의 의사를 묻지 않은 채 미소를 자기 아들과 억지로 결혼

시키고 싶어 하지요. 사람들은 미소를 무례하게 대합니다. 미소는 돈은 없지만 생각과 취향은 있다는 항변으로 스스로를 지켜 내려 하고요.

미소의 주변 사람들처럼 누군가는 미소를 이해할 수 없을 거예요. 아니, 왜 더 많이 일하지 않고 제대로 된 집도 구하지 않은 채 저렇게 불안정하게 사는 거지? 취향을 지키는 것이 뭐 그렇게까지 중요하길래? 「소공녀」의 엔딩에서 미소는 결국 야외에 텐트를 치고 살아갑니다. 남자 친구는 돈을 벌기 위해 먼 곳으로 떠났고, 점점 오르는 물가 때문에 미소는 약도 끊게 되었죠. 이제 미소에게 남은 건 취향이 담긴 물건 두 가지뿐입니다. 이렇게 보면 「소공녀」는 나에게 가장 중요한 게 무엇인지, 마지막까지 절대 놓고 싶지 않은 건 무엇인지 되묻게 하는 작품이에요.

실제 우리 사회에서 미소 같은 취향과 신념을 지키며 살아가기란 불가능에 가깝습니다. 내가 원하는 것, 나에게 중요한 것에 대한 이야기보다 돈으로 할 수 있는 즐거운 것에 대한 이야기가 훨씬 많습니다. 모두가 돈이 많으면 더 즐길 수 있는 게 많다고, 돈은 많을수록 미덕이라고 말하잖아요. SNS에는 상품 광고가 끝없이 쏟아집니다. 유튜브에서는 돈을 잘 벌 수 있는 방법을 알려 주는 콘텐츠가 인기를 끌어요. 이제는 어릴 때부터 주식에 투자하는 방법을 가르쳐야 한다는 목소리도 들려옵니다. 다양한 방법으로 돈을 많이 번 사람들이 으리으리한 집에 살거나, 비싼 물건을 망설이지 않고 사는 이른바 '플렉스(flex)'를 하는 모습도 어렵지 않게 볼 수 있어요. 돈

벌 방법이 이렇게나 많고, 이미 부자가 된 사람도 흔한 세상에서 종종 가난은 무능력한 개인의 탓으로 여겨집니다. 돈을 많이 버는 것이 마치 온전히 개인의 능력에 달린 것처럼 이야기되기도 해요. 많은 사람이 부자를 선망하고 추앙합니다.

돈을 많이 갖고 싶다거나, 좋은 집을 사고 싶다는 욕망을 이해하지 못하는 건 아니에요. 변화가 극심한 세상에 살다 보니 미래를 떠올리면 불안할 수밖에 없고, 돈과 집이 있으면 그 불안함이 조금이라도 잠잠해질 거라고 믿는 것이죠. 그렇지만 돈이 지금보다 많아지면 모든 문제가 다 해결될까요? 집을 산 다음에는요? 돈을 굳이 피하거나 모른 척할 필요는 없지만, 왜 내가 돈을 많이 갖고 싶은지, 그게 정말 내 욕망인지 들여다보는 시간은 필요합니다. 미소에게 지키고 싶은 취향이 있었던 것처럼, 내가 끝까지 지키고 싶은 건 무엇인지 계속 생각해야 하는 거예요.

요즘 저는 돈을 넘칠 만큼 벌지 않고도, 저절로 돈을 불릴 방법을 고민하지 않고도 생활을 이어 나갈 수 있는 방법이 과연 존재하는지 고민하는 중입니다. 그러면서도 동시에 돈이 많은 사람을 부러워하기도 해요. 시선을 옆으로 돌리면 초조해집니다. 돈은 더 갖고 싶은데, 이렇게 돈에 의지해서 계속 살아가면 안 될 것 같고요. 이 간극을 어떻게 좁힐 수 있을까 생각하던 중, 2020년부터는 기본소득청'소'년네트워크(BIYN, Basic Income Youth Network)라는 곳에서 활동하고 있습니다. 생소한 이름이지요? 이 단체는 10~30대의 청년과 청소년이 주체가 되어 기본소득이 실현된 사회를 만들기 위해 모인 곳이에요. 기본소득이란 쉽게 말해, 아무 조건 없이 모든 국민에게 주어지는 돈이고요. BIYN에서 제가 하는 활동은 거창하지 않습니다. 약간의 후원금을 내고, 다른 회원들을 인터뷰하거나 동료들과 함께 필요한 책을 읽는 정도입니다.

저는 생활에 필요한 정도의 기본적인 돈이 모두에게 보장되었을 때 모두의 삶이 다 함께 나아질 거라고 생각해요. 물론 쉽지 않겠지요. 과연 그게 가능한 일인지, 생활에 필요한 기본적인 돈의 액수를 얼마로 책정할 것인지, 한국에서는 언제 실현될 수 있을지, 기본소득이 도입된다고 할 때 다른 부작용은 없을지 등등의 걱정이 뒤따라오죠. 다만 기본소득을 염두에 두고 활동하는 과정에서 '나는 지금 뭘 원하지?' '내가 원하는 삶은 어떤 모양이지?'라는 질문을 스스로 던지게 됩니다.

BIYN에서 저는 새로운 명함을 하나 만들었어요. '만일 기본소득을 받는다면?'이라는 가정 아래 어떻게 살 것인지에 대한 저만의 답을 담아서요. 질문을 받아 들고 곰곰이 고민했습니다. 나에게 생활을 유지할 수 있는 기본적인 돈이 주어진다면? 일을 지금보다 줄이고, 햇빛 아래 앉아서 여유를 즐기며 시간을 보내거나 책을 읽는 시간을 늘릴 거예요. 친구, 가족들과 함께하는 여가 시간도 지금보다 훨씬 더 늘리고 싶고요. 이런 바람을 담아, 명함에는 '햇빛 아래서 많은 시간을 보내고 싶은 작가 황효진'이라고 썼습니다. 저는 이 명함이 마음에 쏙 들어요.

1.

충북 보은에 있는 판동초등학교에서는 어린이 기본소득 실험을 진행하고 있다고 해요. 『한겨레』 기사 「어린이·청소년에 '기본소득 시도' 나서는 기초단체·학교들」(2022.01.31.)에 따르면 판동초등학교에서는 2020년 10월부터 매주 전교생에게 학교 자체 화폐로 일정 금액을 지급하는 중이랍니다. 학생들은 이 돈으로 학교 내 협동조합 매점에서 원하는 간식을 사먹을 수 있고요. 제도를 구상한 건 강환욱 선생님인데, "학교에 매점이 생긴 뒤 보니 용돈이 없어 매점을 이용하지 못하는 아이들이 있었다. 어떤 아이라도 매점을 이용할 수 있도록 문턱을 낮추고 싶었다."라며 "선별해서 주면 받는 아이의 자존감을 떨어뜨릴 수 있어 조건 없이 모두에게 주기로 하고 '어린이 기본소득'이라는 이름을 붙였다."라고 설명했어요. 학생들은 쓰고도 남는 돈이 있다면 '잔돈샘'에 기부할 수 있어요. 거기서 필요한 다른 친구들이 마음껏 가져다 쓸 수 있도록요. 이것만큼 좋은 경제 공부 방법이 또 있을까요?

2.

돈에 관해 알아야 할 것 같기는 한데, 어디서부터 어떻게 공부해야 할지 막막해질 때가 있어요. 경제를 더 자세히 알고 싶어도 때로는 어려운 용어의 장벽에 부딪히게 되고요. 『오늘부터 제대로, 금융 공부』(권오상 지음, 창비 2018)는 돈과 금융의 기초 지식을 알려 줍니다. '돈은 많을수록 좋은 것 아닌가요?' '주식, 채권, 펀드? 뭐가 뭔지 하나도 모르겠어요.' '그냥 돈 없이 살 수는 없나요?' 등 누구나 한 번쯤 떠올려 봤을 질문들을 통해 복잡한 돈과 금융 이야기를 이해하기 쉽게 풀어내지요. 부자가 되기 위해서가 아니라 지금 세상이 어떻게 돌아가는지, 돈은 세상에 어떤 영향을 끼치는지 알기 위해서 돈을 공부할 필요가 있어요. 돈에 대해 알고 나면 어떤 태도로 돈을 대해야 할지도 더 잘 고민할 수 있을 거예요.

1. 돈이 많으면 좋겠다는 생각을 해 본 적 있나요? 그건 언제였나요?

2. 한 달에 얼마 정도의 돈을 가지면 행복하다고 느낄 것 같나요? 그 이유는요?

3. 나에게 매달 용돈 외에 약간의 돈이 기본적으로 주어진다면, 그 돈으로 무엇을 하고 싶나요?

13

친구라고 부를 수 있는 사람

아는 사람들과 글쓰기 모임을 시작했습니다. 어차피 매주 써야 할 글이 있으니, 일요일 저녁마다 두 시간 정도를 글쓰기에 할애하는 게 효과적인 방법일 것 같았어요. 그래서 온라인으로 모여 각자 오늘 어떤 글을 쓸지 이야기 나누고 한 시간 동안 글쓰기에 집중한 뒤, 다시 모여 각자의 글에 피드백을 남기기로 했습니다. 첫 모임 날, 저는 '친구와 우정'에 관한 글을 쓰기로 했어요.

저는 친구와 우정이 중요하다고 믿는 사람이지만, 그 두 가지에 관해 이야기하려고 하면 늘 말문이 막혔습니다. 그날 글쓰기 모임에서도 그랬어요. 친구와 우정이 무엇인지 제 나름의 정의를 내리기가 어려워서 상관없는 에피소드만 길게 늘여 썼죠. 민망해서 글쓰기 모임을 함께하고 있는 사람들에게 조금 엄살을 부렸어요.

"친구도 우정도 너무너무 어려워요. 제가 아직 이 부분에 대해 생각이 잘 정리되지 않아서 글 쓰는 게 더 어려운가 봐요."

기술이 부족해서가 아니라, 친구와 우정을 소재로 글을 쓴다는 것 자체가 누구에게나 큰 도전이기 때문에 잘 써지지 않았다고 최선을 다해 변명하고 싶었습니다. 그러던 중 제 글에 달린 댓글 하나가 눈에 들어왔어요. 제가 내향형 인간임을 고백하며, 다른 사람과 어느 선 이상으로 깊이 있는 관계를 맺지는 못한다고 쓴 부분에 달린 댓글이었습니다.

"효진 님이 생각하시는 깊이 있는 관계가 어떤 것인지 궁금해요."

모임이 끝나고도 그 댓글이 계속 머릿속을 맴돌았어요. 그러게. 나는 어떤 관계가 깊이 있다고 생각하는 걸까? 어디까지는 우정이고, 어디서부터는 우정이 아닐까? 내가 친구라고 부를 수 있는 사람들은 누구일까? 서로 비밀과 고민을 나눌 수 있으면 친구 관계고, 그런 사이에 오가는 감정만이 우정인 걸까? 생각나면 가끔 연락하고 그보다 더 가끔 만나 맛있는 밥을 먹고 차를 마시는 관계라면 우리는 친구가 아닌가? 관계의 깊이라는 건 누가 정하는 걸까? 내가 느끼는 관계의 깊이와 상대방이 느끼는 깊이가 같을 수 있을까? 이런 질문이 꼬리에 꼬리를 물고 떠올랐습니다.

저는 친구가 별로 없는 게 저의 약점이라고 말하곤 했습니다. 어릴 때 친했던 친구들은 사는 지역이 달라지면서 자연스럽게 멀어졌습니다. 사람이 많은 자리에 가는 걸 별로 좋아하지 않고, 다른 사람에게 먼저 적극적으로 다가서는 편도 아니에요. 누군가와 시간을 보내는 데 에너지를 많이 쓰는 타입도 아닌 것 같습니다. 타인과 쉽게 가까워지는 듯한 사람들을 보며 저 사람들은 에너지와 애정을 타고난 사람들이라고, MBTI의 제일 앞자리가 'I'인 내향형에다 에너지마저 부족한 나는 절대로 저렇게 할 수 없다고 생각해요. 동시에 제가 가깝다고 생각하는 친구들이 고민이나 어려움을 먼저 털어놓지 않으면 '왜 나에게 그런 이야기를 하지 않을까? 우리의 우정이 견고하지 못하다고 생각하는 걸까?'라고 의심하며 걱정합니다.

친구란 뭔지 우정이란 또 뭔지, 답이 나오지 않는 문제를 잠깐 잊고 며칠 전에는 지난 회사에서 함께 일했던 동료와 맛있는 점심을 먹고 차를 마셨습니다. 동료는 저보다 아홉 살이 어려요. 비교적 자주 만나는 사람이지만, 그래 봤자 두세 달에 한 번 정도 얼굴을 보는 사이입니다. 무척 사랑하고 가깝게 느끼는 동료이기는 해도 저보다 아홉 살이나 어린 사람을 '친구'라 부르기에는 어쩐지 제 양심이 허락하지 않더라고요. 그래서 우리는 친구가 아니라고 생각해 왔습니다. 이런저런 이야기를 나누다 동료가 집으로 돌아간 후, 그가 남긴 흔적을 무심코 바라보았습니다. 단감과 사과, 토마토가 가득 담긴 종이봉투였어요. 거기에는 저를 아끼는 동료의 마음도 함께 담겨 있었죠. 그걸 보는데 문득 그런 생각이 들었어요. 이게 왜 우정이 아니지? 우리를 친구 사이라고 부르지 못할 이유는 뭐지?

우정이란 하나로 고정된 모양이 아니라는 얘기를 하고 싶었으면서도 정작 저는 특정한 친구와 우정의 틀에 갇혀 있었던 거예요. 저에게 친구가 없는 것도 아니었고, 제가 우정을 어려워하는 것도 아니었어요. 다양한 친구와 각기 다른 방식으로 우정을 발명하고 있으면서도 스스로 그걸 깨닫지 못할 뿐이었죠. 가끔 만나 수다를 떠는 아홉 살 어린 친구도, 일주일에 세 번씩 저녁에 만나 수영장에 같이 가고 메신저로 온갖 이야기를 나누는 두 살 위의 친구도, 근처에 살지만 계절이 바뀔 때 한 번 볼까 말까 하는, 그러나 늘 서로가 하는 일을 진심으로 응원하는 동갑내기 친구도, 제가 거쳐 온 회사들과 지금 일하는 회사에서 만난 친구들도, 글쓰기 모임에서 제 글을 읽고 댓글을 달아 주는 친구들도 모두 제게는 친구였어요. 저는 그들 각자와 다른 모양의 우정을 만들어 가는 중이었습니다. 우정에는 정답이 없고, 한 사람이 다른 사람과 맺는 관계의 모양은 당연히 다 다를 수밖에 없을 거예요.

그렇지만 학교에서 만나는 친구들이 내 세계의 전부일 때도 있습니다. 그런 시기에는 다양한 모양의 우정이 존재한다고 믿기 어려워요. 친구 사이라면 당연히 긴 시간을 함께 보내고 내밀한 속마음을 나누어야만 한다고 생각하기도 합니다. 그럴 수 있는 딱 한 명의 친구를 만나는 것, 더 나아가 소속감을 느끼거나 나의 정체성을 드러낼 수 있는 '무리'를 만드는 것이 특히 청소년 시기에는 가장 큰 과제처럼 느껴지지요.

"요즘 청소년들은 친구의 위치를 추적하는 앱을 쓴대요. 친구들이 자기를 빼고 놀까 봐 불안한 마음 때문인가 봐요." 또 다른 친구가 저에게 이런 소식을 알려 주었을 때 꼭 그렇게 불안했던 청소년기의 저를 떠올렸어요. 새 학기에 새로운 친구를 사귀어야 한다는 사실에 큰 부담감을 느꼈던 저를, 무리에 끼지 못할 것이, 함께 놀던 무리에서 나도 모르는 사이에 따돌림당할 것이 무서웠던 시절의 저를요. 같은 반 친구의 생일 파티가 열렸는데 초대받지 못했을 때, 세 명의 무리에서 나를 뺀 나머지 둘만 같이 놀았다는 사실을 그다음 날 알게 됐을 때 얼마나 우울하고 슬펐는지가 생생하게 기억나더라고요.

영화 「우리들」(2016)을 보고서야 그게 저만의 기억이 아니라는 걸 알게 되었어요. 선이와 지아는 다른 친구들에게 들키고 싶지 않은 서로의 약점을 너무 잘 알고 있습니다. 둘은 오로지 친구들 무리에 끼기 위해 상대방의 비밀을 폭로해요. 학교에서 혼자인 것만큼 견디기 어려운 일은 없으니까요. 친구를 사귀는 과정에는 생각보다 아주 많은 조건이 작용하는 것처럼 보이기도 합니다. 집이 얼마나 잘사는지, 외모가 얼마나 빼어난지, 공부를 얼마나 잘하는지, 부모님은 어떤 일을 하는지……. 선이와 지아가 반 친구들에게 돌아가며 따돌림을 당한 이유도 그 때문이었죠.

그런데요, 누군가와 친구가 되는 데는 무척 많은 요소가 개입되기도 하지만 언젠가는 그 모든 게 상관없어지기도 해요. 우정이 쉬워질 거라는 예언은 아니에요. 무조건 친구가 많아질 거라는 위로도 아니고요. 우정은 계속 어려울 거고, 시간을 공유하고 싶은 친구

영화 속 지아와 선의 모습.

는 드물 거예요. 하지만 나와 조금도 비슷한 점이 없는 것 같은 사람들과 우정을 나누게 되는 놀라운 순간은 점점 더 많아질 거라고 확신합니다. 네, 확신해요. 지금 당장은 너무 먼 미래의 일로 느껴질 수도 있겠지만, 저를 한번 믿어 보세요.

글쓰기 모임의 친구가 저에게 남긴 댓글을 다시 한번 떠올렸습니다. "효진 님이 생각하시는 깊이 있는 관계가 어떤 것인지 궁금해요." 돌아오는 일요일 저녁, 친구를 만나면 이번에는 대답할 수 있을 것 같아요. 제가 생각하는 깊이 있는 관계란, 실은 한 사람과 다른 사람이 맺는 모든 관계예요. 모든 다른 깊이를 가진 그 관계들이 제게는 깊이 있는 관계예요. 우리가 만들어 갈 새로운 깊이의 우정이 무척 기대돼요.

1.

앞에서 소개한 「우리들」과 6장에서 다룬 「우리집」은 모두 윤가은 감독이 만든 영화입니다. 그래서 「우리들」에 출연했던 배우들이 「우리집」에 잠깐 다시 등장하기도 하는데, 누가 어떤 장면에 나오는지 발견하는 재미가 있어요. 「우리들」에서 지아 역을 맡았던 설혜인 배우는 도서관에서 자원봉사를 하는 학생으로, 선 역의 최수인 배우는 하나와 유미가 떡볶이를 먹던 가게 사장님의 딸로 등장합니다. 선과 지아를 갈라놓았던 보라 역의 이서연 배우도 만나 볼 수 있고요. 「우리들」과 「우리집」의 내용이 이어지지는 않지만, 같은 감독의 작품 안에서 자라나는 어린이 청소년 배우들의 모습을 볼 수 있다는 건 꽤 뭉클한 경험입니다. 영화가 끝난 후에도 그 세계에서 인물들이 계속 살아가고 성장하는 듯한 느낌을 받아요.

2.

여성들의 우정에 관한 긴 소설을 추천할게요. 이탈리아 작가 엘레나 페란테의 '나폴리 4부작'(김지우 옮김, 한길사 2016~2017)입니다. 대중 앞에 단 한 번도 실제로 모습을 드러낸 적 없는 엘레나 페란테는 자신의 경험을 바탕으로 이 소설을 썼다고 밝혔어요. 명석하지만 외부 환경 때문에 자꾸만 꿈이 좌절되는 릴라, 그리고 친구로서 릴라를 깊이 사랑하면서도 자신이 가지지 못한 재능 때문에 질투하는 레누, 두 여성이 주인공이에요. 릴라와 레누가 평생에 걸쳐 서로 영향을 주고받으며 살아가는 이야기가 「나의 눈부신 친구」부터 「새로운 이름의 이야기」 「떠나간 자와 머무른 자」 「잃어버린 아이 이야기」까지 펼쳐집니다. '나폴리 4부작'을 통해 우정이라는 것이 얼마나 복잡한지, 얼마나 다양한 모양인지 알 수 있어요.

1. 내가 친구라고 생각하는 사람은 누구인가요?

2. 친구를 사귀기 어렵다고 느꼈던 때가 있나요? 그건 언제인가요?

3. 내가 생각하는 우정이란 무엇인가요? 어떤 관계가 친구 관계라고 생각하나요?

14

내가 자라는 곳

"와, 사투리를 하나도 안 쓰시네요?"

제가 부산에서 태어나 20년 넘게 살다가 서울로 왔다고 말하면 가끔 이런 반응이 돌아옵니다. 단순한 놀라움일 때도 있지만, 대개는 '부산 출신인데 서울말을 잘 쓴다.'라는 칭찬에 가까운 것 같아요.

저는 서울에 처음 왔을 때부터 부산 사투리를 거의 쓰지 않았어요. 정말 바보 같은 생각이라는 걸 지금은 아는데요, 그때는 부산 출신이라는 사실을 가급적이면 누구에게도 들키고 싶지 않았거든요. 아무렇지 않게 서울말을 쓰는 '진짜' 서울 사람들처럼 자연스러워 보이고 싶었습니다. 아마 기자로 일을 시작했기 때문에 더더욱 그랬을 거예요. 배우나 가수와 인터뷰를 하다가 사투리가 튀어나오면 어쩌지 무시당할 것 같아 미리 겁을 먹었어요. 혼자 주눅 들어 있었던 거죠. 실수로 사투리가 나올까 봐 말할 때면 늘 신경이 곤두섰습니다. 서울 사람들이 어떻게 말하는지 단어 하나하나의 억양을 귀담아 들었고, 되도록 천천히 말하는 연습을 수도 없이 했어요. 덕분에 제가 직접 부산 출신이라고 이야기하지 않으면 사람들은 그 사실을 잘 눈치채지 못했습니다. 출신이 어디인지 알 수 없을 만큼 서울말을 잘 구사한다는 걸, 저는 한동안 자랑스러워했어요.

부산은 제게 언젠가 반드시 떠나야 할 공간이었어요. 부모님 역시 최종적으로는 제가 서울에서 일하고 살아가길 바랐고요. 서울이 아닌 지역에서 나고 자라 서울로 떠난다는 건, 어떤 사람들에게는 어느 정도 성공한 인생으로 이해되기도 하니까요. 이상하게도, 부산에서 제가 나이 들어 가는 모습을 상상해 본 적이 없습니다. 서른 살, 마흔 살, 더 멀리는 예순 살이 될 때까지 부산에 있는 저를 그려 보기가 어려웠어요. 늘 '나는 서울로 갈 사람'이라는 근거 없는 믿음을 가졌기 때문에 고등학교 친구 몇 명이 서울에 있는 대학으로 떠나고, 대학 친구 몇 명이 서울에 있는 회사에 취직하는 동안 저는 초조함을 느꼈습니다. 대학도, 첫 번째 직장도 서울에 있는 곳이 아니었거든요.

서울로 가야만 할 것 같은 마음은 대체 언제부터 제 안에 자리 잡은 걸까요? 돌이켜 보면, 시작은 한창 아이돌 그룹을 좋아하게 된 중학생 무렵이었던 것 같아요. 모든 공개 방송은 서울에 있는 방송국에서만 볼 수 있었고, 콘서트도 마찬가지였거든요. 친구들은 팬클럽에서 단체로 대절한 관광버스를 타고 서울에 가기 위해 선생님에게 거짓말을 한 다음 조퇴하기도 했습니다. 아이돌 그룹의 공식 홈페이지에서 서울·경기 지역 게시판을 보면 오늘은 공개 방송에 갔다거나, 스케줄을 마치길 기다렸다가 좋아하는 멤버에게 편지와 선물을 전달했다거나 하는 글이 매일 올라왔어요. 너무 부러웠습니다. 팬클럽에 가입하고, 부산·경남 지역 임원 언니들을 만나 팬클럽 굿즈까지 받아 놓고도 공개 방송이나 팬미팅을 갈 기회가 없어 썩히기만 하는 저에 비하면 서울 친구들은 참 행복할 것 같았어요. 예능 프로그램에서 연예인들이 서울 어딘가를 활보하다 평범한 사람들과 만나 대화하는 장면을 보면 마냥 신기했습니다. 어떻게 길을 걷다가 연예인을 만날 수 있지? 매일 밤 자기 전 라디오를 들을 때, '57분 교통 정보입니다. 지금 올림픽 대로는 양방향 소통 원활하며…….' 같은 멘트가 나오면 몇 번 가 보지도 못한 서울의 풍경을 머릿속으로 열심히 그렸지요. 밤늦게까지 수많은 차가 오가는 도로와 밤 조명에 반짝이는 한강 같은 것들 말예요. 부산 바다가 아무리 아름다워 보여도 한강보다는 지루한 것 같았어요. 새로운 이벤트와 멋진 사람들, 세련된 풍경. 그런 건 서울에만 있다고 생각했습니다. 제게 부산은 아무 일도 벌어지지 않는, 멈춰 있는 지역처럼 느껴졌어요.

다큐멘터리 영화 「때뽀걸즈」(2017)의 배경은 경상남도 거제시입니다. 이곳은 조선업을 중심으로 경제가 돌아가는 지역이에요. 그런데 조선업의 불황과 함께 구조 조정이 이루어지면서 거제 지역

「땐뽀걸즈」 포스터.

일자리가 줄어들기 시작합니다. 각 가정의 생활은 어려워지고, 부모님들은 일자리를 찾아 다른 지역으로 떠나기도 하죠. 거제여자상업고등학교에 다니는 학생들 역시 각자의 짐을 지고 살아갑니다. 학교에 다니면서 아르바이트를 병행하고, 일하러 멀리 떠나는 부모님을 걱정하고, 하루 종일 식당에서 일하는 부모님 대신 동생들을 돌보느라 바쁘지요. 그런 와중에도 학생들은 선생님과 함께 댄스스포츠, 즉 '땐뽀'에 열중합니다. 이게 어떤 의미가 있는지 혹은 있을지 모르지만 재미있으니까, 같이 그 시간을 보내는 게 좋으니까, 공부나 아르바이트와는 전혀 다른 종류의 성취감을 주니까 모두 열심히 땐뽀를 해요. 땐뽀에 누구보다 진심인 이들은 땐뽀 때문에 싸우고 웃고 울며 자신들만 아는 시간을 차곡차곡 쌓아 나갑니다.

서울이 아닌 지역의 문제점으로 가장 많이 언급되는 것이 '일자리 부족'이지요. 일자리가 부족하니 젊은이들이 지역에 머물지 않고, 따라서 그 지역에는 미래가 없다는 논리가 자연스럽게 이어집니다. 하지만 그곳에서 살아가는 사람들이 있는데, '미래가 없는 곳'이라고 불러도 되는 걸까요? 멀리서는 아무 일도 일어나지 않는 것처럼 보이는 곳에서도 수많은 일이 일어납니다. 그리고 마찬가지로, 수많은 사람이 자신의 삶을 이어 나가며 그곳에서만 가능한 경험을 해요. 땐뽀를 하는 거제여자상업고등학교의 학생들처럼요.

영화를 보는 동안 제가 오랫동안 살았던 부산의 영도라는 섬이 자주 떠올랐어요. 학교 수업이 끝나면 바다 바로 옆 도로를 따라가는 버스를 타고 집에 돌아왔지요. 친구들을 집에 초대할 때마다 눈앞에 펼쳐지는 바다를 보며 황홀해하던 친구들 표정이 생생하게 떠올라요. 여름이면 바닷가에서 실컷 물놀이를 한 뒤 콜라나 사이다를 사서 마시며 소금기 묻은 머리카락과 몸으로 집까지 걸어왔던 길도 기억납니다. 부산에는 영도 쪽 말고도 바닷가가 많으니까, 시험을 치거나 우울한 날이면 친구들과 이 바닷가 저 바닷가로 훌쩍 몇 시간짜리 여행을 떠나기도 했습니다. 친구들과 자주 찾았던 닭갈빗집, 용돈을 모으고 모아 갔던 학교 앞 스파게티집, 심심하면 산책하러 들렀던 공원……. 저는 부산과 함께 자랐고, 거기서 만난 사람들과 셀 수도 없는 기억을 만들었어요. 늘 부산을 시시하다고 생각했지만, 그건 제가 부산에서 자라며 겪었던 일들과 만났던 사람들, 보낸 시간을 시시하게 여기는 것과 같았습니다. 더 나아가, 그건 곧 저의 일부를 아무것도 아니라고 생각하는 일과도 같았고요.

서울에 온 지 10년이 넘은 지금, 저는 부산 출신이라는 사실을 더 이상 비밀로 하지 않습니다. 부산에서 쭉 살지는 못했지만 부산에서 보낸 시간이 나를 만드는 데 엄청나게 중요한 역할을 했다는 걸 알기 때문이에요. 요즘은 부산으로 다시 떠나는 상상을 하기도 합니다. 정확히 어떤 일을 할 수 있을지는 아직 모르겠지만, 여성 청소년들이 자신이 원하는 방식으로 부산에서 나이 드는 모습을 그려 볼 수 있도록 돕는 어른이 되고 싶어요.

가족, 혹은 지역 특유의 답답한 분위기로부터 벗어나고 싶은 경우도 있을 거예요. 아무리 내가 나고 자란 곳이라도 그곳에 머무는 게 고통스럽다면, 그래서 벗어나고 싶다면 벗어날 수도 있어야 한다고 생각합니다. 다만, 내가 태어난 곳에서 계속 살아가는 게 실패나 패배는 아닐 거예요. 오히려 용기에 가깝죠. 사는 곳에 발을 단단히 딛고, 그곳을 알고, 변화하는 모습을 지켜보고, 거기서 계속 나의 이야기를 이어 가는 일이니까요. 언젠가 김중미 작가가 쓴 이 글에서처럼요.

“우리는 완성된 성체로 땅에서 솟거나 하늘에서 떨어진 존재가 아니라 연속된 시간과 공간의 한 점에서 태어나고 자란 존재다. 그 공간과 공간에 깃든 시간이 개인의 정체성이 된다. 그 정체성은 결코 열등한 것이 아니다. 나는 앞으로 자기가 태어나고 자란 자리에서 미래를 준비하는 사람들이 더 많아지면 좋겠다. 그들을 실패자나 낙오자가 아닌 도전자로 보는 시선이 많아지면 좋겠다." (김중미 「내가 자란 곳을 지키는 일」, 『창비어린이』 2022 봄호)

1.

이상하게도 서울 외 지역을 중심으로 한 콘텐츠를 찾아보기란 쉽지 않지요. 삐약삐약북스에서 펴낸 만화 시리즈 '지역의 사생활 99'가 그 아쉬움을 덜어 줄 거예요. 시즌 1, 2로 나뉘어 출판된 이 시리즈는 담양, 군산, 고성, 충주, 공주, 광주, 단양, 대구, 부산, 정읍, 강릉, 양산, 옥천, 울산, 경주, 동해, 구미, 대전을 주인공 삼아 이야기를 펼쳐 냅니다. 각 편에서 다루는 지역과 관계있는 작가들이 만화를 그렸다고 해요. 작가의 자전적 이야기도, 지역을 배경으로 한 픽션도 담겨 있습니다. 내가 사는 지역은 만화 안에서 어떻게 그려지고 있을까요? 나는 내가 사는 지역에 관해 어떤 이야기를, 어떤 방식으로 해 보고 싶나요? '지역의 사생활 99' 시리즈를 읽으며 생각해 봐도 좋겠네요.

2.

혹시 고사리박사의 만화 『극락왕생』을 아시나요? 지나간 삶으로 회귀한 주인공 자언과 자언의 극락왕생을 도와야 하는 지옥의 호법신 도명존자의 이야기입니다. 2011년의 부산을 주요 배경으로 하는 만화이기도 해요. 작가인 고사리박사의 고향이 부산 해운대이기 때문인지, 이 작품에는 부산 곳곳의 바다가 등장합니다. 자언이 환생 후 처음 보게 되는 달맞이 고개 앞바다를 비롯해, 해동용궁사 바다와 청사포 앞바다, 해운대 바다 등이지요. 부산 출신인 저는 이 작품을 보며 저 역시도 부산의 바다들을 마음속에 품고 살아가고 있다는 걸 깨달았어요. 그렇지만 『극락왕생』은 부산 출신이 아닌 사람들도 흥미진진하게 읽을 수 있는 만화입니다. 불교 신화를 여성주의적 시선으로 해석했을 때 어떤 결과물이 나오는지 직접 확인해 보세요.

1. 나는 지금 어디에 살고 있나요? 내가 사는 곳의 좋은 점은 무엇인가요?

2. 지금 사는 지역을 떠나고 싶다고 생각한 적이 있나요? 만약 있다면, 그 이유는요?

3. 지금 사는 지역에서 내가 좋아하고 아끼는 공간은 어디인가요? 그 공간에는 어떤 추억이 있나요?

15

페미니즘과 함께 살아가기

고등학교 때까지 집에서 거리가 먼 학교를 다녔습니다. 늘 피곤한 탓에 버스에 앉기만 하면 학교에 도착할 때까지 누가 건드려도 모를 정도로 꾸벅꾸벅 졸았어요. 여느 때와 마찬가지로 창문에 머리를 기대고 졸던 어느 날 아침, 문득 이상한 느낌이 들었습니다. 누가 뒤에서 제 머리카락을 만지는 것 같았어요. 하지만 그럴 리 없으니까, 잠이 덜 깬 제 기분 탓이라고 생각했습니다. 혹은 창문에 낀 제 머리카락을 뒷자리에 앉은 어른이 빼 주는 것이라고 짐작했지요. 머리카락을 누군가 만지는 듯한 묘하게 기분 나쁜 감각을 계속 느끼면서도 어쩌지 뒤로 돌아 확인해 볼 용기는 나지 않았습니다.

이윽고 학교 근처에 버스가 도착했고, 저는 별일이 일어나지 않았다는 데 안심하며 버스에서 내렸어요. 그런데 누군가 저를 뒤따라 내리는 게 아니겠어요? 저보다 나이가 훨씬 많아 보이는 남자 어른이었습니다. 그는 학교 쪽으로 걸어가려던 저를 멈춰 세우고 말했어요. “연락처 줄 수 있어? 아저씨랑 연락하고 지내자. 내가 맛있는 거 많이 사 줄게.” 너무 놀란 저는 괜찮다고, 필요 없다고 말하며 학교 방향으로 달려가다시피 발걸음을 재촉했습니다. 그날의 일은 누구에게도 말하지 않았고요. 입 밖으로 이야기를 꺼내는 순간 그때 느낀 두려움이 다시 생생하게 떠오를 것 같았어요.

훗날 여자 친구들과 이야기를 나누다 보니, 이런 경험을 한 번이라도 하지 않은 사람은 없다는 걸 알게 되었습니다. 대부분이 성추행이나 성적 폭력을 당한 경험이 있지만, 그동안 그런 이야기를 나누지 않았기 때문에 서로 전혀 몰랐던 거예요. 저도 그냥 제가 이상한 사람을 만난 줄 알았으니까요. 하지만 거의 모든 여성이 자라나며 이런 일을 겪는다면, 그걸 개인적인 경험이라고 말할 수 있을까요? 여성을 둘러싼 사회 전체의 분위기 또는 경향이라고 해야 하지 않을까요? 불쾌하고 불편한 경험은 먼 곳에만 있지 않았어요. 학교에서는 남자아이들이 여자아이들 치마를 들추며 ‘아이스케키’를 하거나, 브래지어 끈을 잡아당기며 놀리거나, 성적 뉘앙스가 담긴 폭력적인 말을 농담이랍시고 내뱉었지요. 여자아이들의 신체 일부를 만지기도 하고요.

넷플릭스 오리지널 영화 「걸스 오브 막시」(2021)는 학교에서 여자아이들이 어떤 일을 겪는지 보여 줍니다. 여성을 성적으로 대상화하고 모든 것을 ‘품평’하는 상황은 한국이나 미국이나 크게 다르지

「걸스 오브 막시」 포스터.

는 않아서, 남자아이들은 매번 별별 카테고리로 여자아이들의 순위를 매기고 외모를 평가해요. 조용히 지내던 비비언은 '가장 순종적인 여자애' 순위에 자신의 이름이 오르자 충격을 받습니다. 그리고 남자아이들의 행동을 더는 눈감아 줄 수 없음을 깨닫지요. 비비언은 익명으로 『막시』라는 잡지를 만들고 남자아이들의 행태를 학교 전체에 고발합니다. 각자 따로 존재하는 것 같았던 여자아이들은 『막시』를 중심으로 뭉치기 시작해요. 연대의 의미로 손바닥에 별을 그리기도 하고요. 서로가 연결되어 있다는 사실을 알게 된 그들은 함께 목소리를 냅니다. 학교에서 여자아이들을 지켜 주는 건 시스

템도 선생님도 아닌, 여자아이들 자신이에요.

아주 오랫동안 저는 여자아이들을 괴롭히는 일이란 사소하다고, 성적인 뉘앙스가 담긴 불쾌한 말이나 행동을 크게 받아들이는 게 오히려 피해의식이라고 배우면서 자랐습니다. 세상은 그렇게 잘못되지 않았고 남성 중심적이지도 않으니 너희만 몸을 조심하면 된다고 말이지요. 그래서 꽤 많은 일을 겪거나 듣고도, 스스로 페미니스트가 되어야겠다거나 페미니즘을 배워야겠다고 생각한 적이 한 번도 없었습니다. 페미니즘은 나와 관계없는 단어였어요. 콘텐츠와 엔터테인먼트 산업을 다루는 기자가 된 뒤에도 그랬습니다. '그 일'이 일어나기 전까지는요.

2015년, 유명 코미디언들로 이루어진 코미디 팀이 한 팟캐스트에서 글로 옮길 수도 없을 정도로 심한 여성혐오 발언을 했습니다. 그 사건은 일파만파 퍼져 아주 큰 논란이 되었습니다. 저 역시 무척 놀랐어요. 그들의 발언이 너무 폭력적인 데 놀라기도 했지만, 그동안 나 자신이 여성혐오적인 코미디를 보고 들으면서도 심각성을 눈치채지 못했다는 데 더더욱 놀랐습니다. 콘텐츠와 사회가 어떻게 연결되어 있는지를 고민해야 하는 기자로 일하면서도 여성주의적 시각을 갖지 못했고, 가지려고 노력조차 하지 않았다는 게 부끄러웠어요. 예능 프로그램에서 여성 연예인을 거의 찾아볼 수 없어도, 걸그룹 멤버들이 극심한 다이어트로 몸과 마음의 건강을 해치는 모습을 봐도, 일부 남성들 사이에서만 통할 기분 나쁜 농담이 방송에서 오가는 장면을 보면서도 원래 그런 거라고, 예민하게 받아들일 필요가 없다고 여겼습니다. 그걸 몰랐다는 건 콘텐츠 바깥 세계가 어떻게 남성 쪽으로 기울어져 있는지 몰랐다는 뜻이기도 합니다.

페미니즘을 알게 되고 스스로를 페미니스트라 부르면서 저는 모든 것을 새롭게 볼 수 있었어요. 보지 못했던 것을 보고 알게 되는 과정이 괴롭기도, 짜릿하기도 했습니다. 그동안 겪었던 일과 간접적으로 보고 들었던 것이 하나의 실로 꿰어지는 것 같았고요. 여성들의 경험은 개별적인 사건이 아니라 모두 이어져 있다는 걸 알게 됐습니다. 학교 안팎에서 여자아이들이 겪는 일도, 일터에서 여성들이 당하는 차별도, 여성을 향한 편견과 폭력도 여성을 남성과 동등한 인간으로 보지 못하는 데서 벌어지는 문제니까요. 한 사회의 인식은 하루아침에 만들어지는 게 아니라, 오랜 시간에 걸쳐 쌓이고 굳어지는 것이니 말입니다.

「걸스 오브 막시」의 여자 친구들이 손바닥에 별을 그려 서로의 존재를 확인한 것처럼, 페미니즘을 알게 된 후 저에게는 가깝고 먼 수많은 동료가 생겼습니다. 한 여성이 여성이라는 이유만으로 살해당한 강남역 여성 살해 사건, 어마어마한 규모의 디지털 성범죄인 'N번방 사건', 박원순 전 서울시장과 안희정 전 충남도지사의 '위력에 의한 성폭력' 사건 등이 일어났을 때에도, 이건 절대 사소하지 않다고, 사회 전체의 각성이 필요하다고 함께 목소리를 내는 사람들 덕분에 세상을 덜 비관할 수 있었습니다.

수많은 여성 청소년이 학교 안에서 벌어진 성추행, 성폭력 사건을 고발하며 '스쿨 미투'를 이어 갔을 때도 그랬어요. 잘못된 걸 잘

못됐다고 말하지 못한 채 그 시간을 조용히 지나쳐 간 사람으로서 부끄럽고 미안한 마음이 드는 동시에, 우리가 서로 연결되어 있는 동료라는 사실 또한 선명하게 느꼈습니다. 그 모든 일은 한 사람의 문제도, 한 세대의 문제도 아닌 여성 모두의 문제니까요. 속도나 방식은 다르더라도 우리는 그걸 알고 있는 사람들이며, 같이 그 문제를 풀어 나갈 의지를 가진 사람들이라고 생각합니다.

'과연 달라질 수 있을까?' 싶었던 엔터테인먼트 산업도 분명 변화하고 있어요. 방송인 송은이 씨는 몇 년 전만 해도 여성을 찾아보기 어려웠던 '예능판'을 아예 바꾸어 버렸습니다. 스스로 제작사를 차리고, 프로그램을 만들고, 재능 있는 다른 여성 예능인들을 끌어 주면서요. 자신이 혼자 돋보이는 게 중요하지 않다는 걸, 여성들이 서로 돕는 것만이 기울어진 운동장을 조금씩 바로잡을 수 있다는 걸 알았던 거겠죠. 2022년, 김신영 씨가 고 송해 님의 뒤를 이어 KBS 프로그램 「전국 노래 자랑」의 진행자가 될 수 있었던 데는 그의 능력이 세상에 드러날 수 있도록 꾸준히 판을 깔아 준 송은이 씨의 노력도 영향을 끼쳤을 거예요. 이런 여성들의 모습을 볼 때마다 저 역시 힘을 얻습니다. 혼자가 아니라는 생각이 들어서요.

몇 년 전, 팟캐스트 「시스터 후드」를 함께 진행하고 있는 윤이나 작가와 함께 전주에 있는 한 고등학교에서 '아이돌 산업과 페미니즘'을 주제로 강연을 했습니다. 케이 팝 가사에 드러난 여성에 관한 편견이나 선입관은 무엇인지, 아이돌 산업은 무엇을 동력 삼아 돌아가며 그게 왜 문제적인지, 아이돌 그룹 각각의 콘셉트가 보여 주는 바는 무엇인지 설명했어요. 학생들은 저와 동료의 이야기를 귀담아듣고 열심히 고개를 끄덕였으며, 더 나아가 저희가 미처 언급하지 못했던 부분을 짚어 주기도 했습니다. 나중에야 떠올린 생각이지만, 이 강연은 어른인 우리가 청소년들을 가르치는 자리가 아니라 동료 시민으로서 서로의 감각을 나누는 자리였어요.

그날 하지 못했던 말을 여기서 해도 괜찮을까요? 여러분과 이 시대를 함께 살아갈 수 있어 기쁩니다. 계속 동료로서 서로 배우고, 나누고, 고민하고, 힘을 보태기로 해요.

1.

「걸스 오브 막시」에는 인상적인 밴드가 등장합니다. 2018년 결성 당시 멤버들의 평균 연령이 13.7세였던 펑크 록 밴드, 린다 린다스(The Linda Lindas)예요. 작품 속에서 린다 린다스는 누구나 친구가 되고 싶을 만큼 멋진 여성을 묘사하는 노래인, '비키니 킬(Bikini Kill)'이라는 밴드의 '레벨 걸(Rebel Girl)'을 커버하는데요, 실제로도 이들은 비키니 킬의 팬이라고 해요. 린다 린다스가 직접 쓰고 부른 노래 중 가장 유명한 곡은 '레이시스트, 섹시스트 보이(Racist, Sexist Boy)'입니다. 같은 반 남자아이의 인종차별 발언에서 아이디어를 얻었대요. 에두르지 않고 "너는 인종차별, 성차별주의자야." "우리는 네가 파괴한 것을 다시 세울 거야."라며 곧장 내질러 버리는 가사를 듣고 있으면 속이 시원해집니다. 공연 영상도 무척 좋으니 유튜브에서 린다 린다스를 꼭 검색해 보세요.

2.

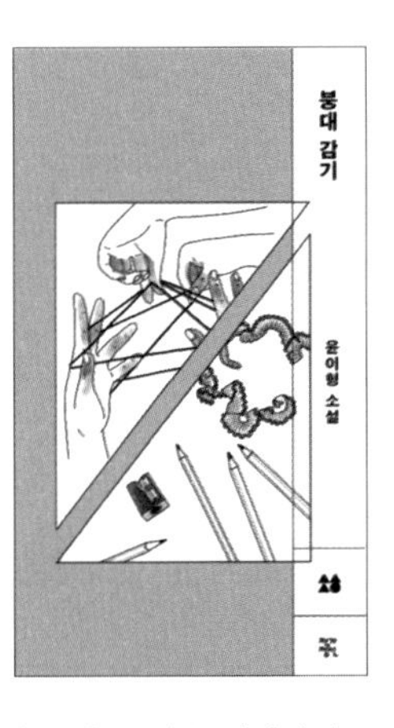

페미니즘을 떠올리면 괜히 주눅이 들거나, 마음이 복잡해지는 순간도 있을 거예요. 모두의 생각과 속도, 방식이 같지 않으니까요. 어떤 사람은 다른 사람들의 변화가 너무 느린 것 같아 답답해하거나 초조해하고, 또 다른 사람은 모든 게 너무 빨리 변하는 것 같아 두려워해요. 윤이형 작가의 소설 『붕대 감기』(작가정신 2020)는 각자 다른 입장을 가진 다양한 여성들을 보여 줍니다. 이제 막 페미니스트로 각성한 여성과 워킹 맘, 비혼 여성 등 다른 환경에 놓여 있는 이 여성들은 서로를 이해하지 못하거나 갈등하기도 해요. 같은 여성이라는 이유만으로 무조건 상대방을 이해할 수는 없으며, 따라서 여성들 사이에도 갈등이 일어나는 건 너무나 당연하다고 이 소설은 말합니다. 우리가 모두 다른 건 자연스러운 일입니다. 중요한 건 어떤 식으로든 서로가 연결되어 있음을 아는 것이지요.

1. 성차별적인 콘텐츠를 보면서 불편함을 느낀 적이 있나요? 그건 언제였나요?

2. 일상 속에서 성차별로 인해 불편함을 느낀 적이 있나요? 그건 언제였고, 어떻게 대응했나요?

3. 어떤 말을 성차별적인 표현이라고 생각하는지 써 봅시다. 그 말이 성차별인 이유는 무엇일까요?

창비청소년문고 42
어른이 되면 고민이 끝날까?

초판 1쇄 발행 • 2023년 1월 13일
초판 3쇄 발행 • 2024년 6월 3일

지은이 | 황효진
펴낸이 | 염종선
책임편집 | 이현선 김유경
조판 | 황숙화
펴낸곳 | (주)창비
등록 | 1986년 8월 5일 제85호
주소 | 10881 경기도 파주시 회동길 184
전화 | 031-955-3333
팩스 | 영업 031-955-3399 편집 031-955-3400
홈페이지 | www.changbi.com
전자우편 | ya@changbi.com

ISBN 978-89-364-5242-1 43810